ポルタ文庫

吸血鬼さんの献血バッグ

石田 空

新紀元社

目次
Contents

プロローグ

赤い月の夜に

空を見上げると、赤い月。

今日はストロベリームーンだと、朝番の子たちがはしゃいでいたような気がする。イギリスとかアメリカとかの月の呼び方と聞いたけれど、ネットの情報は錯綜《さくそう》していていまいちわからない。

それに。いつもは白いはずの月が赤いと、どうにも落ち着かなかった。

ピンクと言うには赤過ぎて、ルビーやガーネットと言うには鮮やか過ぎて。まるで。

「……血の色みたいで怖いって思わないのかな」

私はそうひとり呟《つぶや》きながら、視線を上から戻した。

晩秋で、昼番の日なんかは特に服に迷うところだ。今日は残業になったので余計に失敗したかなと思いながら、薄手のコートの胸元をすり合わせていた。

既に終電も終わってしまい、駅前にはタクシー一台見かけない。すっかりと人気《ひとけ》が消えてしまった街は不気味で、早く家に帰らないとと、どうしても歩みは速くなってしまう。

　こんなに遅くなるんだったら、今日は自転車で駅まで向かって、ケチらずに有料駐輪場に置けばよかった。この辺りは景観保護区域になっているから、無断駐輪をしていたら朝のうちに撤去されてしまうので、たいてい徒歩なのだ。

　外灯がちかちかと頼りなく明滅しているのを横目に、私が必死で歩いていたとき。

　私以外の足音があることに気が付いた。

　思わず振り返り、息を呑《の》む。

　いつの間にやら、男の人が立っていたのだ。

　外灯の頼りない光に照らされた彼は、ずいぶんと青白い肌の色をしていた。ひょろりと長い体躯《たいく》を包んでいるのは、夜陰《やいん》に溶け込むような黒いコートで、伸ばしっぱなしに見える長い髪の色も黒。

　不審者だと思ってそのまま走って逃げてしまえばよかったのに、私が足を止めてしまったのは、彼の瞳の色に見入ってしまったからだ。

　その瞳は石榴《ざくろ》色で、ちょうど今、真上に浮かんでいる月を思わせるような色をしていた。

　そして顔の造形。顔は小さく、睫《まつ》毛《げ》は長く、精巧につくられた人形を思わせるほどに、整っていた。

　私は彼から目を離せないでいた。

　……逃げないと。何故《なぜ》か背中に冷たい汗が伝い、体はガタガタと震えているにもかかわらず、私は石になったかのように身動きが取れない。

「ええ月やなあ」

　男性が空を仰ぐ姿は、ひどく様《さま》になっていた。関西弁が耳に残る。

　そして石榴色の目でちらり、と私を見たかと思うと、ゆったりとした足取りでこちらまで近付き、私の首元まで顔を寄せてきて、ひくっと鼻を動かした。

「……ほんで、ええ匂い。今日はええ日やねえ」

　まさか、こんな日に不審者に遭うなんて。

　ガチガチと歯が鳴っても、私の足はピクリとも動かず、悲鳴を上げようにも声帯が縮こまって仕事をしない。

　男性が口を開けたとき、私には見えてしまった。

　白い綺麗な歯並びの中、不自然に鋭い八重歯の存在を。

「あんまり怖がらんといて。血が濁ってまうやろう？」

　八重歯が……牙が、私の首筋に立てられた……。生臭い血のにおいが私の鼻を通っていく。

「……痛《い》ったい……っ！」

ようやく仕事をした声帯は、どうにか悲鳴を漏らしてくれたものの、男性の口はなかなか離れてくれない。

声は出せても身動きが取れず、脅えていたところで。

「……まっず」

男性の気怠《けだる》そうな声を耳にした。

え、まずいって……私は噛《か》まれた首筋に触れた。

痛くって、てっきり穴が空いてしまったと思っていたのに、首筋には穴どころか、血が流れた跡さえなかった。ええっと……さっき私の首、この人に噛まれた……よね？

いきなりの展開に頭が追い付かず、呆然《ぼうぜん》としていたら、目の前の男性は怒ったようにこちらに言葉を投げかけてきた。

「ちょっと、自分！　いったいどんな生活しとるん⁉　とてもやないけど、こんな血ぃ吸われへんやろう⁉」

「え？　ええっと、やっぱり私、あなたに噛まれて……血を吸われたんですよね？」

我ながら間の抜けた言葉しか出てこない。

普通、不審者に襲われて怖いとか思ったり、なんてことするんだと怒らないといけなかったりする場面のはずなのに、どうして不審者に襲われた挙句《あげく》に怒られているんだろう。

　気付けば、さっきまでピクリとも動かなかった体は動くようになっていた。……あれ？　グーチョキパーと手を動かしていた私を、男性は額に手を当てて、ジト目で眺めていた。

「はあ……自分、鈍いって言われへん？」

「ええっと……運動神経は、鈍いです。はい」

　我ながら馬鹿なことを言ったところで、ヒュルッと冷たい風が吹いてきた。

　もうそろそろ日付けも変わる時間だし、着るコートを失敗したから寒いのだ。私が背中を丸めて震えていたら、呆《あき》れたように男性が溜息《ためいき》をついた。

「こんなところで立ち話もなんやね。屋内にでも入ろか」

「え、嫌ですけど」

「はあ～⁉」

　もう、不審者なのか説教癖のある人なのか吸血鬼なのかはっきりしてほしい。

　そもそも今初めて会ったばかりの人と一緒に、屋内に入って話し合いをはじめる人間はどれだけいるのか。

　このまま無視して逃げ帰ろうとしたものの、この人ときたら、今度はこちらが驚くようなことを言い出した。

「ええやん、なるちゃん。これから長い付き合いになるんやから、屋根のひとつやふたつで躊躇《ちゅうちょ》しとったらあかんやろう？」

「え……」

逃げようとした足は止まってしまう。

なるちゃん。

私の名前はたしかに洲本鳴海《すもとなるみ》で、愛称も「なる」とか「なるちゃん」だけれど。

どうして今会ったばかりの人が知っているのか。

私が身を震わせて鞄《かばん》を盾にしたら、男性は手をひらひらと横に振った。

「せやから、警戒せんでええよ。たしかにいきなり血ぃ吸うてもうたんは失敗やったと自分でも反省しとる。せやけど誓ってもええ。なるちゃんの悪いようにはせえへんよ？」

「そう言われても……」

出会った途端に人を襲ってきた癖に、なにを言っているのかこの人は。

「仕事忙しいんやろう？　終電で帰ってきて、ひとりで帰るのは怖いやろ。この辺、民家もあらへんし、ファミレスもちょーっと遠いし。一緒に帰ったるし、なんならこれからずっと迎えにも行ったる」

なにを言っているんだ、この人は。何度目かわからないつっこみが頭に浮かぶ。

目の前の人は、にこっと笑う。そして、右手の人差し指と親指で一センチほどの隙間をつくりながら、言葉を続ける。

「その代わりちょーっとだけ血ぃ欲しいんやけど、こんな血ぃ吸っとったら俺も体悪なるし、なるちゃんの体にも悪いやろ。だからちょーっとお話しよ？　なっ？」

その余計な付け足しに、私は言葉が出てこなかった。

つっこみどころが多過ぎる。

今会ったばかりの人が、どうして私の事情に詳しいのか。そして何故か勝手に送り迎えの話を進めているし、体の心配をされているし。しっかりと血を吸うと宣言もされている。

最近は全然ドラマやホラーでも取り上げられなくなったけど、この人。吸血鬼なんだよなあ……私の知っている話とは、なんだか全然違うけれど。

私は再び自分の首筋に触れる。私はたしかに噛まれたはずなのに、その痕跡はすっかり消えてしまっていた。

困惑している私に、彼はふっと笑った。

「献血バッグになってぇ、言うてるだけや。別に死ぬまで血ぃ吸わせなんて言わん言わん」

＊＊＊＊

どうしてこうなったんだろう。

結局は男性の口に勝てず、押し切られる形で、自分の家に連れ帰ってきてしまった。家の近くのコンビニにはイートインコーナーはないし、ファミレスはやや遠いし。

「あんまり大声でしゃべらないでくださいね……うちのアパート、そんなに壁が厚くないんで」

「まあ安いアパートはそんなもんやろ」

深夜にお茶を出すのもどうだろうと思い、私は水を出そうとするけれど、男性は「かまへんかまへん」と手をひらひら横に振るので、結局座布団を勧めるだけに留《とど》めた。

「まあ自己紹介やな。俺は浜坂真夜《はまさかまや》。職業はライター。ほら、名刺」

そう言ってひょいと胸ポケットから深紅の紙を取り出した。

そこにはたしかに『ライター：浜坂真夜』と書かれ、メールアドレスと携帯番号が載っている。

不審者だと思っていたが、職に就いているのかと思っていたら、勝手に浜坂さんのほうから事情をしゃべってくれた。

「履歴書いらん職業って案外少ないんや。俺、写真に写らんし、鏡にも映らんから、堅気の仕事はまず就かれへんし。ライターやったら仕事経歴だけでええからなあ」

「ええっと……」

「知らん？　吸血鬼は鏡にも写真にもうつらんし、日差しには弱いし、なんなら流れる水にも弱いって。まあ、俺もさすがに川や海に近付いても体調不良起こすようなことはあらへんけど」

そんなこと言われても……。

私が知っている吸血鬼の情報なんて、せいぜいホラー映画レベルのものだ。

吸血鬼は血を吸うことと、十字架に弱いこと、心臓に杭《くい》を打ち込んだら消えることくらいしか知らない……でも人間でも、心臓に杭なんか打たれたら死ぬと思うんだけど。

「……それ以前に、関西弁しゃべる吸血鬼は初めて見ましたけど」

「関西弁なんて一緒くたにしたらあかんで。俺がしゃべってるのは摂津《せっつ》弁やから、他と混ぜたら喧嘩《けんか》なるんや」

「はあ……」

大阪弁や京都弁とどう違うんだろうと思ったけれど、あまりに真面目な顔で言うものだから、この辺りに触れるのはやめておこう。

それはさておき、そもそもどうしてこの人は私と話をしたがっているのか。

吸血鬼に血を吸われたら、その人も吸血鬼になるというのはホラー映画のお約束だけれど、今のところ体に不調は全然ない……多分。

私は噛まれたはずの首筋を撫《な》でながら、思ったことを聞いてみた。

「あのう……私、浜坂さんに血を吸われましたけど、私も吸血鬼になったりは……」

「ならへんならへん。うちの先祖みたいに、血ぃ吸った相手を支配して眷属《けんぞく》にするほど力持ってたら話は別やけど、俺はせいぜい目力《めぢから》で、ちょーっとばかり身動き取れんようにするんが精一杯や。なるちゃんも別に蚊に噛まれたかて、貧血になって死んだりせえへんやろう？　俺が吸うんはそんなもんや」

そう大げさに手を振って否定されてしまった。

どうも、私が血を吸われそうになったときに、全然体が動かなかったのは、この人の力のせいらしい。でも、蚊に刺された程度しか血を吸わないんじゃ、わざわざ吸う必要はどこにもないのでは。

「あのう……蚊に噛まれ？　刺され？　そんなもんだと言ってますけど、だったら血を吸うのを我慢してもいいんじゃ……？」

「あーん、今時血ぃ吸う吸血鬼なんてほとんどおらんやろうなあ。いくら鏡や写真にうつらんでも、姿は消されへんから、いきなり吸血行動なんか取ったら事件やわ。生きにくい時代やねえ。ただまあ……どうも俺となるちゃんは、相性ええみたいでなあ。俺も匂いでやられて血ぃ吸ったんは初めてやわ。吸わんでもたしかに生きていけるけど、なかったら口寂しいいうんは、酒や煙草《たばこ》みたいなもんやね」

「はあ……」

なんというか、この人。ずいぶんと勝手なこと言ってないか。そう思わずにはいられない。浜坂さんは私の呆れ顔に気付いているのか、いないのか、ペラペラと摂津弁で続ける。

「大昔は好みの血ぃ見つけたら眷属にして支配し、自分に血ぃ捧《ささ》げさせることもできたみたいやけど、俺にはそんな力あらへんからなあ。せやから、なるちゃんにお願いしとるんや。俺に、その血ぃちょうだい？」

そんなこと言われても。

「嗜好品《しこうひん》で血が欲しいからちょうだい」と言われても、「わかりました、あげましょう」なんて言える人がどれだけいるのか。浜坂さんは顔がいいけれど、それを免罪符にしていいことと悪いことがあるでしょ。

私は困った顔で首を振る。

こちらの反応に浜坂さんは「それに」と付け加える。形のいい眉が少しだけ吊《つ》り上がった。

「自分、あんなまっずい血ぃしとったら、いつか絶対倒れんで？」

「ま、まずいって言われても……！」

そういえば、血を吸った途端に顔をしかめたもんな、この人。

「なるちゃん不摂生やろ。血ぃドロドロやもん。食べるとき腹膨らめばええって感じで詰め込んで、休日は寝てるか甘いもんだけ食べとる。それがたまの休みの日だけやったら別にええけど、そんな生活毎日毎月毎年続けてみぃや。倒れんで」

私は浜坂さんの言葉に、言い返せなかった。

仕事がシフト制だから、いつが休みになるかなんて、シフトが決定する月末にならないことにはわからない。

おまけに、ひとり暮らしだと野菜をたくさん買ってもすぐ傷んでしまうから、どうしても手軽ですぐに食べられるものばかり買ってしまうし。

休みの日は疲れ果てて一日中泥のように眠っているか、自分にご褒美と称してカフェに甘いものを食べに行っている。

……血を飲んだだけで、そこまでわかるもんなの。

自分のだらしない生活を言い当てられて、恥ずかしくって今すぐ消え去りたい気分に駆られるけれど、浜坂さんはニィーと笑ってこちらに顔を寄せてくる。

言っていることはめちゃくちゃだけれど、顔だけは本当に整っているものだから厄介だ。私はどうしてものけ反ってしまう。

「生活を管理したるから。代わりに血ぃちょうだい?」

「……管理って、具体的になにするんですか……」

拉致監禁……一瞬そう思って震えるけれど、あっさりと浜坂さんは言う。

「食育やわ。血ぃ悪いんは体に毒やから」

「……はあ? あの、浜坂さん。それって」

「なにって、飯つくる言うてるんやけど」

なにを言っているんだ、この人は。本日何度目かのつっこみが頭をよぎった。

そりゃ、ご飯をつくってくれたらありがたいけれど、いいのかこれは。

てっきりいやらしいことでもされるのかと思っていたが、浜坂さんは本気でそう言っているだけらしかった。

……そもそも吸血鬼がなにをつくるっていうんだろう。吸血鬼がなにを食べるのかなんて、そういえば知らない。

顔を恐々《こわごわ》と見る私に、浜坂さんは手をひらひらさせるだけだった。

「俺はノートパソコンとスマホ持ってたらどこでも仕事できるから。気にせんでええで?」

「って、私の家に押しかけてくるんですか?」

「飯つくられへんやろ」

なにがどうしてそうなったんだ。

私の脳内のつっこみはさておいて、浜坂さんはあの紅色の名刺をこたつ机に置いてそのまま玄関へと向かった。

「ほな、また明日」

「って、今から帰るんですか⁉」

「自分言うてたやろ？　ここの壁は薄いって。声は抑えぇ」

なんで私が注意されているんだろうと思いながら、彼があまりに普通に帰っていくのを止めることができなかった。

あの人、本当に明日もうちに来るの？

ご飯をつくる、本当にそれだけのために……？

答えなんて出なかった。

第一話

始まりのパン粉焼き

私に説教をしたあと、本当に普通に帰ってしまった浜坂さん。

あんなに顔の整った人に迫られた挙句、血を吸われ、「まずい」と言われて叱られたなんてシュールな出来事。普通だったら夢だったのではとも思ってしまうけれど。

朝起きても、存在感のある血のように真っ赤な名刺は消えていなかった。

念のため、スマホで【ライター】【浜坂真夜】で検索をかけてみたら、コラムサイトに繋《つな》がり、署名記事があれこれ見つかったから、本当にライターとしての浜坂さんは存在しているらしい。

それでも、昨日のあれこれは、からかわれただけのような気がして、私はなんとも言えずに首を押さえた。

鏡で確認したけれど、やっぱり傷口なんてなかった。たしかに血のにおいはしたはずだし、歯を立てられたとき、たしかに痛かったはずなのに。

「どういうことなんだろう……？」

考えても埒《らち》が明かず、私はのそのそと着替えて、冬物のコートを引っ張り出す。

そして朝ご飯と出勤の準備をはじめた。

トースターで食パンを焼き、ポットのお湯で溶いたインスタントコーヒーで流し込むのが、専らの私の朝ご飯だった。

勤務先のシフトは朝番と昼番がある。残業で仕事が多くなってしまうのは昼番で、朝番は早朝から顔を出して夕方まで働くパターン。

そういえば、今日は朝番だから、昨日みたいに遅くはならないんだけど、浜坂さんに言ってないなあ……そう思って、ぶんぶん首を振った。

なんで自称吸血鬼に、私のシフトについて説明しなくちゃいけないの。

そう自分で自分につっこんでから、身だしなみを整えて、慌ただしく家を出ると駅へと向かう。

自転車使おうかなとも思ったけれど、朝に有料駐輪場を探し回るのは時間ロスだなあと考えたら、今日も歩きに決まった。どうせ今日は夕方には帰れるはずだから。

電車で揺られること三十分。

私が働いているのはショッピングモールの本部で、電話オペレーターを務めている。

ショッピングモールに入っている店舗への問い合わせや、モール内で使われているポイントカードの使い方のサポートなどを行っている。

座り仕事な上に、通話中に食事休憩ができる訳がなく、休憩も一斉に取れる訳もなく、オペレーター同士が交代して休憩に行くしかない。おまけにシフトの関係で朝番と昼番では帰れる時間も違うから、どうしても日によって昼ご飯や晩ご飯の時間まで変わってしまう。

朝番だったら、慌ただしく朝ご飯を済ませてショッピングモールまで急ぎ、昼番だったら、もう夜中にお腹が空いて目が覚めなければいいやとズボラ料理をつくって食べる。そんな食生活になってしまっても仕方ないと思う。

自分にそう言い訳しながら、不摂生が現在進行形で続いていたのだ。

＊＊＊＊

今日は電話がずいぶん多い。

来週、ショッピングモール内で有名バンドがライブをする予定で、ライブ観覧の問い合わせが殺到しているのだ。

朝からずっとその電話対応に追われていたら、すっかりお昼を食べ損ねてしまい、ようやく時間が空いたのは三時のおやつの時間だった。

ショッピングモールの裏口にある休憩室で、出勤前にコンビニで買ったサンドイッチを紅茶で流し込みながら、私はスマホをタップする。

吸血鬼について検索をかけてみた……我ながらどうなんだろうとは思うけれど。

調べてみればみるほど、サイトによって言っていることが違う。

十字架に弱いと書かれているところがあったかと思ったら、宗教により効き目が違うと書かれていたり。

ニンニクが効く効かないもサイトによって見解が違う。

でも浜坂さんが自己申告していた、鏡に映らない、写真に写らない、流れる水に弱いは、どの吸血鬼に関するサイトにも載っていて、私は「ふーん」と唸《うな》りながら、サンドイッチを咀嚼《そしゃく》する。

そして好みの血についても書かれていて、私はなんとも言えなくなった。

吸血鬼はこの世のものとは思えないほどの美形と称されていて、その捕食対象はどのサイトでも美しい女と載っているのだ。

……美しい？　自分を振り返る。

典型的な日本人体形で、髪も硬い直毛、美人とはお世辞にも言えない。おまけにズボラ……気が抜け過ぎてて、どのサイトにも書かれている捕食対象からは程遠い。

「行儀悪いよ、サンドイッチ食べながらスマホは」

そう言いながら私のスマホ画面を覗《のぞ》き込まれそうになったので、私は慌ててスマホの画面を消して振り返った。

同期の花梨《かりん》ちゃんだ。ズボラな私と違って、今日も頭のてっぺんから足のつま先までピカピカに磨かれている。

「ごめん。ちょっと気になることがあって」

私は謝りながら、スマホを鞄にしまい込む。花梨ちゃんは鞄に入れられたスマホを一瞥《いちべつ》する。

「ふうん、休憩中にスマホでずっと検索かけてるのは珍しいとは思うけど。だって、なる、休憩中はいつも突っ伏して寝てるし」

「う……見ないふりしてくれたら嬉《うれ》しいんだけど」

「休み時間だからとやかく言う気はないけど、気を抜き過ぎてて大丈夫かなとは思うよ」

私は「うう……」と唸り声をあげながら、あらためて花梨ちゃんを見る。

隙のない彼女は、美容と健康にはお金を使っているし、吸血鬼の捕食対象になるのは、むしろ花梨ちゃんのほうでは、と思ってしまう。

私は花梨ちゃんを恨めし気に見ながら、ふと思う。

「ねえ、花梨ちゃん。血がドロドロの場合って、なにを食べればいいの？」

「ええ？　どうしたの、なる。とうとう病院で怒られたの？」

……まさか吸血してきた吸血鬼にさんざん駄目出しされたなんて、どうやったら言えるんだろう。

　ぐるりと休憩室を見回したら、献血の呼びかけのポスターが目に留まった。

「……この間、献血カーが来てたから行ってみたら、血がドロドロ過ぎだって断られたの」

　そう出まかせを言ったら、花梨ちゃんは目を細める。

「それまずいよ。そうだねえ……血液を綺麗《きれい》にすると言ったら、青魚かなあ。私も安いときに、買って食べたりするしね」

「……青魚かあ……」

　それに私はへにゃっと眉を下げた。

　恥ずかしい話、魚は切り身以外を調理したことなんてない。だって、ひとり暮らしだし、燃えるゴミの日まで台所が生臭いなんて嫌だし。そもそも魚を捌《さば》いたことなんてないし。

「無理ぃー……」と呟いたら、花梨ちゃんは呆れた顔で見てきた。

「なるぅ。料理、もうちょっと覚えたほうがいいよ？」

　そう言う花梨ちゃんの手にある水筒からは、今日も香ばしい玄米茶の匂いが漂っていた。本当に、花梨ちゃんはちゃんとしている。

＊＊＊＊

夕方になり、私はようやく家路についた。

まだ日も出ているから、さすがにいないだろうなあと思って、駅を出てそのまま帰ろうとしたら。

「あ、なるちゃん。今日は早かったんやねえ」

声をかけられて、私は思わずのけ反ってしまった。

改札口のすぐ傍《そば》に、浜坂さんが立っていたのだ。相変わらず真っ黒なコート姿だ。明らかに整い過ぎた顔の人が一般人に声をかけたら、普通に目立つんですが。石榴色の目は、浜坂さんにはよく合っているのが小憎らしい。

「あの……本当に、待ってたんですか？」

鞄を盾にしながら、恐々と尋ねると、浜坂さんはあっさりと言う。

「そら約束は守るやろ」

「目立ちますけど！　赤い目とか！」

「ええやろ。目ぇ赤いくらい。これくらいカラーコンタクトでなんぼでも弄《いじ》れるんやし」

こちらがあわあわしていても、浜坂さんは我関せずという顔で近付いてきて、こちらにふんふんと鼻を動かしてくる。ってなんですか。

「……今日はそこまでストレスもないみたいやね。匂いが酸っぱない」

「酸っぱ……それ普通に失礼ですよね⁉」

「ストレスって匂いにも出るんよ。それにストレスは血ぃ濁らせるからようないね。で、なるちゃん家《ち》の冷蔵庫にはあまり食材残っとらんやろ？　買い物してから帰ろう思うけど、リクエストある？」

「ええっと……本当に、ご飯つくってくれるんですか？」

「せやから、約束は守るって今言うたやろ。食べたいもんないのん？」

ちらちら思い浮かぶのは、花梨ちゃんに言われた青魚のことだけれど。この人、料理するって言っている以上はできるんだよね、多分。

「ええっと……青魚が、食べたいなあと……血が綺麗になるらしいんで」

「おお、ちゃんと勉強したんやねえ、偉い偉い」

同期の受け売りです、なんて言える訳もなく、私はただ頷《うなず》いた。

浜坂さんは形のいい顎を指で押さえて考え込む。吸血鬼の爪は鋭く伸びているのかなと思ったらそんなことはなく、普通の成人男性よりもちょっと綺麗な手という感じだった。

「せやねえ、じゃあ、なるちゃんは料理はなにが好き？　和食？　中華？　エスニック？」

「えっと……イタリアンが好きです」

「自分、家にハーブとかあるん？」

「ないです……うちにあるスパイスなんて、せいぜい黒コショウくらいです」

なにが言いたいんだろうと首を捻《ひね》っていたら、浜坂さんの中でなにかがまとまったらしく「ほな行こか」と言いながらゆるゆると歩き出したので、慌ててついていった。

魚を売ってるのは、この辺りだとスーパーくらいしかないけど。

意外なことに浜坂さんが寄ったのはコンビニだった。

うちのアパートの近くにある、ひとり暮らしに特化した店舗だ。スーパーみたいに野菜が丸々売っている訳ではないけれど、最近の出来合いのものは味もいいし、ひとりで充分消費できる量なのがありがたい。

「あの、コンビニですか？」

「せやで。今電子ポイント貯《た》まっとるから、使わなもったいないし」

そう言ってコンビニのポイントカードを見せてくれたので、思わず脱力した。

庶民的な吸血鬼だな。

そんなつっこみはさておき、浜坂さんはさっさとポイントカードをしまうとカゴを取り出して、私に持たせてぽいぽいとカゴの中に材料を入れていく。

　サバ缶にトマト缶、ドライオレガノの小瓶に、パン粉……。私はサバ缶を見て、ポカンとしていた。

「サバ缶、なんですか？　昨日さんざん私に説教していたから、もっと手の込んだものをつくるのかとばかり……」

「アホやなあ……手の込む込まんは関係ないやろ、体にええ、悪いには。それに最近は缶詰も馬鹿にはできんで。だって骨まで食べられるし。圧力鍋でもあらへんと、骨まで火ぃ通すんは難しいしなあ」

「そうなんですね……？」

　そっか、缶詰でもいいんだと、目から鱗《うろこ》が落ちたような心持ちで、普段コンビニに行っても素通りしていた缶詰コーナーを見る。

　買ったことがあるのなんてせいぜいツナ缶くらいで、他の魚缶に目を留めたことなんてちっともなかった。だって使い方、わからないし。

　最後に浜坂さんはサラダを買って、そのままレジへと向かう。サラダは出来合いのものでもよかったのかと、今更ながら思う。

　本当に電子ポイントで全部購入してしまった浜坂さんと一緒に家に帰ると、浜坂さんはうちの台所の流し台の下を覗き込んで器具の確認をし、溜息をつく。

「……自分、これだけあるのに、なんで料理せえへんのん？」

うちのお母さんが料理好きだから持って行けと勧められて、実はボウルも大中小と大きさが揃《そろ》っているし、ザルも同じくらい持っている。

包丁もパン切り包丁、フルーツナイフ、肉切り包丁に穴あき包丁と揃っているし、菜箸、トングなども充実している。

鍋も、圧力鍋はかさばるから置いてないけど、大中小とステンレス鍋がある。

おまけに、ミキサー、電動泡立て器、オーブンも食器棚の奥にしまい込まれている。

ひとり暮らししたばかりのときは、土日にまとめて料理ができたらいいなと思っていたけれど、現実は違った。

そもそもシフト制だから土日に休みがあるかどうかも怪しいし、休みの日になったら疲れ果てて家で寝ているか憂さ晴らしに食べに出かけているかだから、調理器具が日の目を見るときがなかったのである。

私は縮こまって、明後日のほうを向く。

「暇なときに、料理できたらいいなと思ってたんですけど……あはは」

「……まあ、ほんまに料理せえへん家やったら、そもそも鍋も包丁もあらへんし、料理できる環境があるだけ、まだましやなあ……」

浜坂さんが本気で呆れ返った顔をしながら、さっさと料理の準備をはじめた。

私がまともに使っているオーブントースターと電子レンジをちらっと見てから、食器棚を漁《あさ》りはじめる。

「なるちゃん、耐熱皿あるぅー？」

「えっと、グラタン皿でいいですか？」

「それでええよ」

私が食器棚の奥に突っ込んでいたグラタン皿を取り出すと、それに浜坂さんは薄くサラダ油を塗りはじめた。

続いて買ってきた缶詰を開けて、サバ缶の中身、トマト缶の中身を交互に重ねて、最後に缶詰の中に残っていたサバ缶の水もトマト缶のジュースも上からかけてしまった。

「なるちゃん、チーズあるぅー？」

「チーズって……トースト用のスライスチーズでいいですか？」

「ええよー」

私がスライスチーズを冷蔵庫から取り出している間に、浜坂さんはグラタン皿にドライオレガノを振りかけていた。

これくらいなら私でもできそうだなあ。ズボラの自覚がある私がそう思いながら眺めていると、浜坂さんはのほほんと笑う。

「これくらいやったら、自分でもできそうやなあと思うとる？」

「えっと……はい」

「せやねえ、毎日できたらええね。ほな、なるちゃん、最後にパン粉振る前にチーズ載っけて？」

さんざんズボラだというところを見せたあとなため、暗に「いや、無理だろ」と言われているような気がして、私は顔を逸《そ》らしてしまう。

でも。ここまで手を抜いてもいいんだなと思ったし。

チーズを載せて、最後にパン粉を振ったら、簡単にイタリアンらしきものが完成してしまった。

オーブントースターの中に入れ、その間に出来合いのサラダをお皿に盛る。

こたつ机の上に、サラダとお箸を並べている間に、チーズとトマト、パン粉の焦げるいい匂い、サバのいい匂いが流れてきて、キュルルとお腹の鳴る音が響く。

「簡単やから、これでレパートリー増えるとええねえ？」

「はい……燃えないゴミ増えますけど」

「ゴミくらいちゃんと出しぃー」

さんざん浜坂さんに呆れた顔をされながら、出されたサバ缶のパン粉焼きをサラダと一緒に食べる。

チーズとトマトの組み合わせは悪魔的にいいと思うけど、サバ缶との相性も本当にいい。おまけにオレガノ。このハーブの匂いがチーズとトマトのまったりとした味わいにアクセントを加えてくれている。

サラダは出来合いのものだけれど、十分おいしい。私がもりもりと食べているのを、浜坂さんは肘を突きながら眺めていた。

「なんや、ちゃんと食べるんやん」

「……自分でつくらなくっていいご飯だったら、食べますよ」

「はいはい。一日や二日で血ぃ綺麗になることはありえへんけど。こんなに簡単にご飯つくらせてくれるんやったら、一週間ちょいで効果が出はじめるやろ。次、リクエストある？」

そう言われて、私は考え込む。

「なんでもいい」って言われるのは、つくるほうが一番困るやつだ。でもなあ……。

もぐもぐ考えながら、ふと思いつくのは。

パスタが食べたいなあということだった。

缶詰のおかげで魚料理に対する敷居がぐっと低くなった。パスタは茹《ゆ》でれば食べられるけれど、ソースを買ってくることからはじめるからなあ。ソースづくりがもっと簡単だったら敷居も低くならないかなと思ったんだけれど。

「……パスタが食べたいです」

「ほう?」

「えっと、腹持ちがいいし、ズボラな私でもつくれるかなあと思って。レパートリー増やせたら嬉しいなと……駄目ですか?」

「せやねえ……明日は、なるちゃんは朝番? 昼番?」

どういう意味だろうと思いながら、私はシフト表を思い返す。

「明日も朝番です。明後日は昼番かな」

「ほうほう。ほな考えとくわ」

やっぱり帰る時間によって、つくる料理が違うのかな。私はそう思いながら、もぐもぐとパン粉焼きを食べ終えた。

自分ひとりだったら、食卓に二皿以上の料理が並ぶことなんてまずないもんなと、我ながら自分のズボラ具合に頭を抱えそうになった。

＊＊＊＊

次の朝、ポットに水を入れてお湯が沸くまでの間、スマホを弄っていた。

昨日のご飯がおいしかったことを思い返しながら、検索をかけてみる。

【血液サラサラ】【食材】

出てきたのは青魚がたくさん。和食の素晴らしさを延々と語るサイトが多くて、私は思わずサイトを閉じようとしてしまった。

たしかに和食は好き。脂の乗ったサバの塩焼きに、わかめと豆腐の味噌汁、それを真っ白なご飯でホクホクと食べられたら、それはそれはいいだろうと思う。でも。

魚を焼く網を洗うのが面倒臭い。ガス台で魚を焼いてもなかなかおいしく焼けないし、オーブントースターで焼いたらにおいが残って、次の日パンを焼いたときに魚臭さが移ってしまうから、朝ご飯が食べられない。

無理と却下したところで、次に出てきたのは緑黄色野菜をもっと食べたほうがいいという記述。

緑黄色野菜って、にんじんとかピーマンだっけ。野菜ジュースに書かれている項目を思い返しながら続きを読んでみる。

にんじん、ピーマン、ブロッコリー……皮の色は濃いけど、ナスは違う項目で、キャベツも緑だけど違うらしい。野菜の栄養知識なんて、高校時代の家庭科の授業で止まっているから意外と知らないことが多くて、ふんふんと思いながら見てみる。

野菜をいっぱい食べろとは、どんなダイエット本にも書かれているけど、ひとり暮らしで葉物野菜ってあんまり買えない。だってひとりで食べきれないし、使ってない間に萎《しな》びて泣く泣く捨てるのなんてしょっちゅうだから、安い野菜も四分の一くらいに切られたものでないと躊躇して買えない。

世の中のひとり暮らしの人って、どうやって野菜を摂《と》っているんだろう。

あんまり甘いものを食べるなと、浜坂さんにも言われちゃったけど。甘いものを食べないと余計に食べたくなってしまうのは私だけなのかな。

そう考えていたところで、お湯が沸いた。

結局朝ご飯には、トーストにたっぷりのバターとグラニュー糖をまぶしたものとコーヒーという、浜坂さんに見られたら卒倒されそうなものを食べた。

昼ご飯はどうしようと迷った末に、出勤前にサンドイッチにプラスしてサラダボールを買い、それを食べることにした。

朝の仕事が終わって、ようやく休憩時間。

スマホを見ながらサンドイッチを食べていたところで、休憩室のドアが開いた。

「また行儀悪い」

ちょうど休憩に来たばかりの花梨ちゃんにとがめられて、私は肩を竦《すく》ませる。

でも花梨ちゃんは私が食べているものを見て、意外なものを見る目になる。

「なるがサラダ買ってきたところなんて初めて見た。本当、昨日といい今日といい、そんなに献血で怒られたの？」

「あははは……」

　まさか血がまずかったのが原因で、毎日吸血鬼にご飯をつくってもらう約束をしてしまったなんてこと、言える訳もない。

　私が肩を竦ませていても、花梨ちゃんは逃がしてくれる気もなく、私の隣でご飯を食べはじめる。

　卵焼き、ひじきの煮物、鮭ひと切れ、高野豆腐に小松菜の煮浸しなど、細々《こまごま》としたものがたくさん詰め込まれたお弁当で、ご飯もゴマの混ぜご飯と徹底している。健康志向な花梨ちゃんだったら玄米ご飯を持ってきそうなところだけど、冷めたら硬くて食べられないと思ったから混ぜご飯にしたんだろう。

　花梨ちゃんはお弁当を食べながら言う。

「サラダって野菜が摂れるように思われがちだけど、あんまり摂れないよ？　それなら煮て、かさを減らしてたくさん食べられるようにしたほうがいいよ」

「わ、私は花梨ちゃんみたいにマメにつくるのは無理だよ」

「日頃から夕食を多めにつくって、弁当用に冷凍させておけばいいだけなのに。それか、最近の冷凍野菜は質がいいから、それを買ってきて、こまめにスープや味噌汁の具に足すとかね」

　それに私はピンときて、「たとえば？」と話を振ってみる。

花梨ちゃんはきょとんとして「そうだねえ……」と言いながら小松菜を口に入れる。

「別になんでもいいけど、葉物がひとりで使い切れないっていうんだったら、冷凍のやつを買えばいいんだよ。最近はほうれん草とかブロッコリーとかも冷凍食品でいいのが売ってるし。あとコンビニのカット野菜も、ちょうどひとり分炒《いた》めて消える分で売ってるし」

そういえば、最近はコンビニでカット野菜を売っているのをよく見るようになったけど、どうやって使えばいいのかわからず、スルーしていた。

「……花梨ちゃん、そこまできっちり見てるんだねえ」

「なるが全然料理しないから、知らないだけでしょ。それに野菜って季節や天候ですぐ値段変わるから、コンビニや冷凍のものを探したほうが安いことだってままあるから」

そう花梨ちゃんに説教されて、私は小さくなりながらも、サンドイッチとサラダを食べ終えた。

それにしても。パスタを食べたいと我ながら遠慮なくリクエストしてしまったけど、浜坂さんはなにをつくるんだろう。

考えてみたけど、血が綺麗になるパスタというのが、いまいち想像つかなかった。

＊＊＊＊

駅に着いてホームを出たところで、スマホを触っている浜坂さんを見た。

この人、吸血鬼なのにスマホが使えたのか。そう衝撃を覚えたものの、ライターをしていると言っているんだから、通信機器のひとつでも使えないと仕事にならないかと思い直す。

声をかけていいものかと悩んでいたところで、浜坂さんはスマホの画面を消して顔を上げると、やっと私に気が付いたというように瞬《まばた》きをしてみせた。

「ああ、お帰り、なるちゃん。今日のリクエストはパスタやったなあ？」

「ただいま……になるんですかね？　はい」

ふたりで歩きながら、なんとなく花梨ちゃんから聞いた話をしてみる。冷凍野菜の話とか、カット野菜の話とか。

それに浜坂さんはふんふんと頷く。

「せやねえ。ほんまやったらそんなんを毎日使えるんが理想やけど。でもなるちゃん、びっくりするほどズボラやろ？　一日張り切ってやったかて、三日坊主やったら意味ないしなあ」

バッサリと切って捨てられて、私は思わず胸を押さえる。

……うん、カット野菜にそもそもなにが入っているのかわからないから、野菜炒めがつくれる以外になにも思いつかなかった。

あと味噌汁も。朝に味噌汁食べるんだったら、ご飯も炊きたいところだけど、ご飯を炊いて味噌汁だけ飲んでも、他におかずがなかったら食べた気にならないような気がする……普段からトーストとコーヒーだけの朝ご飯でなにを言っているんだって感じだけど。

私が固まっていると、浜坂さんはからからと笑う。

「ほんまは朝にたくさん食べて、夜が控えめっていうのが理想的やけど、腹減って眠れへんで夜食食べたら本末転倒やしねえ。自分のペースで健康に気ぃ使えばええよ」

「……吸血鬼に綺麗な血になるために説教されるなんて、思ってもいませんでした」

「俺かて、まさかほんまに吸血鬼になるとは思ってなかったしなあ」

そうしみじみと言う浜坂さんに、私は「ん？」と思って彼の横顔を眺めた。

相変わらず、黒い髪は艶々《つやつや》しているし、肌はどんな美白をすればこんなに透き通るのかわからない。

そういえば、この人こんなに綺麗な顔をしているんだもの。わざわざ平凡顔で血のまずい私に食育なんてしなくっても、綺麗で血のおいしい人のところに行けばいいのに……それこそ、花梨ちゃんみたいに健康と美に気を付けている人なんていくらでもいる……なんで私なんだろう。

「あのう……浜坂さんは、吸血するの嫌ですか？」

言葉として出たのは、どうにも的を外したような言葉だった。浜坂さんはキョトンとした顔をしたあと破顔する。

「えー、それ言うん？」

「嫌なら、わざわざ私の血なんか吸わなくっても……」

「えー、乗りかかった船やん。ほな、今日はちょっと足伸ばしてスーパー行こか」

どうにもはぐらかされてしまって、それ以上追及することはできなかった。

駅から離れた、住宅街の手前。そこにあるスーパーはちょうどタイムセールの時間のせいか、混雑している。浜坂さんはカゴを私に持たせると、野菜コーナーからきのこを取ってきてポイポイと放り込む。

マイタケ。エノキ。シメジ。こんなにたくさん、ひとりでなんて食べきれないと思うんだけど。私が首を捻っていると、浜坂さんは暢気《のんき》に言う。

「自分の友達も言うてたんやろう？　冷凍野菜使ったらええって」

「言ってましたけど……でもこのきのこ、全部、生ですよね？」

「それ凍らせたらええんや。きのこは凍らせたのをそのまんま使ったほうが、早よ出汁が出て美味《うま》いねん」

たしかに自分で冷凍させればいいんだとは思うけど。なおも私は言い募る。

「私、きのこをどう使えばいいのかなんて」

「きのこはええよ。ハンバーグに入れれば肉汁吸うてくれるから、肉汁逃してパサパサなハンバーグにならんし、味噌汁や炊き込みご飯でもええ仕事するし」

血をさらさらにするのに、ハンバーグも食べてよかったんだなと今更ながら思いながら、私は浜坂さんがカゴに入れたきのこを見る。

次にパスタのコーナーに向かう。

「普通のでええ？　短いペンネとかもあるけど」

「ええっと……はい、長いのでお願いします」

「そういえば、なるちゃんの家には調味料、さすがに麺つゆはあるやんな？」

麺つゆ、便利だもんね。お湯で割って三つ葉を足したら澄まし汁になるってお母さんが言っていたし、肉じゃがもすぐつくれるらしいし。世の中には出汁を取って全部イチからつくる人もいるけど、それはできる人に任せたい。

私は大きく頷くと、浜坂さんは「そっかそっか」と納得し、最後にツナ缶とニンニクチューブをカゴに放り込んだ。

きのこにツナ缶にニンニクって、ちょっと想像できない。浜坂さんはニンニクをちらっと見ながら言う。

「匂いが気になる思うけど、ちょっとだけやったら一日で消えるから気にせんでええよ。さすがに生のニンニク買っていって気付いたときには冷蔵庫の中で干からびたら、ちょっと悲しいしなあ」

「あははは……」

吸血鬼はニンニクに弱いんじゃなかったっけ。そうつっこみたかったけれど、浜坂さんは初対面のときに血を吸ってきたとき以来、吸血鬼らしい部分はなりを潜めている。

スーパーで会計を済ませると、さっさとうちに帰る。

不思議なことに、三日目ともなると、この綺麗な顔の人がどうしてここに、と困惑するよりも、申し訳ないから料理が終わったら早く帰って欲しいに変わってくる。

浜坂さんはきのこ類をキッチンペーパーで軽く拭いてから、石づきをさっさと切り落とすと、手で千切《ちぎ》りはじめた。

「なるちゃん、残ったやつは凍らせるけど、フリーザーバッグあるぅー？」

「えっと、あります」

次々と千切っていき、全部ばらばらになったのをひと掴《つか》みだけ残して、残りは全部冷凍させることとなった。

パスタを茹でている間に、フライパンにサラダ油を引き、ニンニクチューブを入れて温めはじめた。香りが立ってきたところで、ひと掴み分のきのこを入れて、しんなりしたところでツナを入れて混ぜる。食べきれないんじゃと躊躇していたきのこも、縮んだら案外食べられそうな量になってきた。

「なるちゃん、きのこは水吸ったらむっちゃ膨らむから、冷凍しとくけど、入れる量はひと掴み分くらいにしときぃや？　体にええもんでも、食べ過ぎたら毒や」

「わ、わかってますよ！　でも冷凍きのこって、どうやって食べればいいんでしょ？」

「さっきもちょっと言うたけど。麺つゆで炒めて、それで炊き込みご飯つくっても美味いし、味噌汁の具にしてもええ。なるちゃんがやる気あるんやったら、これであんかけつくっても美味いけど」

「や、やれそうなところからはじめてみます」

あんかけをつくっても、なににかければいいのかぱっと思いつかないし、明日は昼番だから炊き込みご飯からはじめてみようと思い立つ。

パスタが茹で上がったら、きのこに麺つゆをかけて味を整え、きのことツナのソースをパスタにいっぱいかけてお皿に盛ってくれた。

恐る恐る食べてみると、きのこの匂いが鼻を通っていき、ツナのこってりさも麺つゆのおかげでいくらでも食べられそうだ。

でも。昨日といい、今日といい。浜坂さんは食事を摂らなくっていいんだろうか。

私はフォークを動かしつつ、恐る恐る浜坂さんを見る。

「あのう……」

「んー？」

「浜坂さんはうちで食べないんですか？　その……私ばかりいつもご飯をつくってもらって申し訳ないと言いますか」

「えー、なるちゃん。そういうんは、彼氏に言い？」

それに私はなんとも言えない顔をする。

そもそも彼氏がいたら、自称吸血鬼なんて顔以外怪し過ぎる人を自宅に招き入れるなんて勘違いされてもしょうがない真似はしない。

こちらの反応に浜坂さんは「冗談冗談」と手をひらひらとさせる。

「これは俺の迷惑料やから、気にせんといて？」

「迷惑料って……私の血を吸うことですか？」

「せやせや。厄介なもんやねえ、俺も別に、吸血衝動なんか今まで出ぇへんかったのに」

その言葉に、私はフォークを止める。

てっきり美人や好みの人の血は味見のような軽い感覚で飲んでるのだとばかり思っ

ていた。私のことをいい匂いだとか言ってたし。

私はなにを言えばいいんだろうと手を止めたら、浜坂さんはただ頬杖《ほおづえ》をついて笑うだけだった。

「気にせんでええよ。冷めんうちに食べえ？」

少しだけ寂しそうに笑う浜坂さんに、私は綺麗に食べ終えて空っぽのお皿を見せることしかできなかった。

第二話

ストレスにスイートポテト

次の日。昼番だからと普段だったらもっとゆっくりめに起きるところを、朝番のときと同じくらいに起きて、冷凍させていたきのこを取り出す。

浜坂さん曰《いわ》く、「自然解凍せんとそのまま調理しぃ。ドロップ……解凍させるときに水が出るやつな……それしたら栄養抜けんで」とのことから、これをそのまま調理することにした。

フライパンにごま油を引き、そこに冷凍きのこをひと掴み入れて、炒める。香りが立ってきたら大体解凍が完了しているらしいから、麺つゆで味付けをすることにした。これをご飯に炊き込むんだから、もうちょっと甘いほうがいいかなとみりんも足してみたけど、これでいいのかな。

「あれだよね、炊き込みご飯の素だよね」

炊き込みご飯っていうと、具材を小さく切って、出汁を取って、それを生米と一緒に炊飯器で炊くという印象があり、「手間」と思って、いちからつくるのは躊躇してしまうけど、浜坂さんから教えてもらった方法だったら、お米を洗って、きのこを炒めることとさえ億劫《おっくう》がらなかったら、いちいち出汁を取る必要もない。

きのこ自体は昨日浜坂さんが私のズボラを看破して細かくしてくれているから、これ以上小さくする必要もないし。

お米を洗っていつも通り炊飯器にお米と水を入れ、炒めたきのこを入れたら、あとはそのまま炊く。

思えば。

トーストとコーヒーっていう楽な朝ご飯ばかりつくっていた人間が、早起き……そうはいってもただ朝番と同じ時間に起きただけだけど……して、ご飯をつくりはじめるとは進歩したものだ。

浜坂さんから苦い顔で「自分、それは自画自賛することとちゃうで」とつっこまれそうなことを思いながら、卵焼きと澄まし汁をつくることにした。

卵焼きも麺つゆで味付けし、澄まし汁も麺つゆをお湯で割って少しだけ冷凍きのこを入れたものだ。浜坂さんから「ひと掴み分以上食べるな」と注意されてるから、本当に浮き実になる程度だけ使うことにした。

きのこまみれなのもなんだから、もうちょっとカット野菜について勉強したほうがいいかな。そう思いながら炊飯器を見たら、もうちょっとで炊き上がりそうなのにほっと息をついた。

そういえば……。昨日も普通に帰っていった浜坂さんを思い浮かべる。

あの人、浮かない顔してたなあ……。

まるで吸血鬼になりたくてなった訳じゃない、みたいな。スマホで吸血鬼のことを調べても、本当にホラー映画以上の情報なんて出てこなかったし、ましてや現代を生きる吸血鬼についての知恵袋なんて出てこない。

あの訳のわからない人のこと、もうちょっと知ったほうがいいんじゃないかと思うのは、私がうっかりあの人に献血バッグ（予定）扱いされているからなのか、単純に餌付けされているからなのかが、自分でもよくわからない。

そう思っている間に、いい匂いが漂ってきた。炊き上がったご飯をかき混ぜれば、きのこと出汁のいい匂いが鼻を通っていく。

私はそれをお茶碗によそって、今日の朝ご飯にした。残ったやつはおにぎりにして持っていこう。

＊＊＊＊

今日のショッピングモールはポイント倍増デーなせいか、ポイントに対する問い合わせやら、モール内店舗に対する問い合わせやらがずいぶんと多い。

電話応対でヘロヘロになったところで、ようやく休憩に入ることができた。

「疲れたぁぁぁぁぁぁ……」

「お疲れー……」

同じシフトだった私と花梨ちゃんは、休憩室に入った途端、椅子にべっちゃりと座り込んでしまった。持ってきたおにぎりをもぐもぐと食べはじめたら、花梨ちゃんのご飯が目に入った。

昼番の場合は、本当に間食程度しか持ってこず、朝番のときみたいにお弁当がないことがほとんどだけれど。それでも花梨ちゃんはいつもだったら手づくりのおやつを持ってきているのに、今日はパンとサプリメントをペットボトルの水で流し込んでいる。

「どうしたの？　寝坊しておやつ作り忘れたの？」

「なるじゃあるまいし、寝坊なんてしませーん……まあ嘘《うそ》だけどね。生理で起きられずに、当番はじまるギリギリまで寝てたの」

「あらあ……大変だねえ」

生理は軽い人と重い人がいる。

私の場合は浜坂さんいわく「血がドロドロ」している割には、長くもないし重くもない。せいぜい一週間なんとなあく面倒臭いだけだ。

でも花梨ちゃんは健康にも気を使っているけど、生理が重いみたい。腰が痛い痛いと言っているし、この時期はやけに滑舌が悪くなるから、周りのサポートで、オペレーションの補助に回って電話を取らないようにさせてもらっている。

「そんなに具合悪いんだったら、休みの日に病院行ったほうがいいよ」

「前にあんまりひどいから婦人科で診てもらったけどね、本当になんにもなかったの。ただ冷え性が原因でひどくなってる可能性があるから、その対策はしろって言われてる。生姜《しょうが》もしょっちゅう摂取するようにしてるんだけどねえ……」

「そっかあ……あんまりひどい場合は言ってね。できる限り負担かけないようにするから」

「ありがとう……」

普段は気丈な花梨ちゃんが弱っていると、こちらだって参ってしまう。

生理の不調で悩んだことがない人だと、生理が重過ぎてこの週はシフトに入れないって理解もしてもらえないもんなあ。

その日はどうにか花梨ちゃんに負担をかけないようにして、騙《だま》し騙《だま》しポイント倍増デーを乗り越えた次第だ。

電車を降りて改札を抜けると、すっかり人が捌《は》けた駅前を見回す。

そろそろ冬が近付いてきたせいか、閑散としている。寒いから、どこかの店に避難しているんだろう。

昨日の今日だけど、浜坂さんはいるのかな。そう思っていたら、「なるちゃんー」と声をかけられて振り返った。

もう人がいないから、この整った顔の人と一般人の私が見比べられることもないから気が楽だ。私はぺこりと頭を下げる。

「こんばんは、遅くなりました」

「かまへんかまへん。仕事はどこも大変なもんや」

そう言ってからからと笑う。

この人はライターをやっていると言っていたけど、私が仕事している間に書いているんだろうか。前にスマホを触っていたのを思い浮かべるけれど、いまいちこの人が仕事をしているというのに実感が伴わなかった。吸血鬼が町中を歩いているというだけでも、充分おかしな話なんだけれど。

私は教えてもらったきのこの炊き込みご飯がおいしかったこと、久しぶりにご飯の朝食だったことを伝えながら、ふと思いつきで口にしてみる。

「あのう、変なこと聞いていいですか？」

「んー？　俺に話せることとやったらなんでも」

「えっと……吸血鬼って、貧血の人からは血を吸えないんですか？」

「ん、ちょっと待ちぃ？　まさかなるちゃん、俺が血ぃ吸ってから体調悪いとか、そんなん？　あー……体、具合悪いとか？」

焦った浜坂さんを見て、私は拍子抜けしてしまった。普段は飄々《ひょうひょう》としている人なのに、私が「貧血」と言った途端に慌てふためくんだ。

問答無用で私の血を吸ったくせして、変なところで律儀な人だ。

おろおろしている浜坂さんに、私はぶんぶんと首を横に振る。

「私じゃありませんよ。ただ、知り合いで貧血がひどい子がいて。体調、すぐ崩すんです。浜坂さんって血液サラサラにする料理には詳しいですけど、そういうことはどうなのかなと思っただけで」

「あー、よかった……なるちゃんは無事なんやね。よかったよかった……」

そこまでほっとされてしまうと、これは喜ぶところなのか、知り合いに失礼だと怒るところなのか、判断に困る。

でも、私の質問に浜坂さんは考える素振りを見せる。

「せやねえ……貧血は具合悪なるからようないわ。血が足らんと体が冷える。冷えは万病のもとやし」

「あ、それは知り合いも言ってました。冷えが原因の貧血で、貧血が原因で冷え、の悪循環だって」

「んあー……そりゃ厳しいわ。その子、ちゃんと生活してるん？」

「むしろ私よりきっちりしてる子なんですけどねえ……私はズボラで血がドロドロだけど、別に貧血にはならないですし」

「んー……せやったら問題は食よりは別なとこにある思うけど……まあ考えよっか。そういや、なるちゃん。次の休みっていつ？」

「はい？」

なにを言っているんだ、この人は。

私は思わず浜坂さんを凝視した。今までは駅から家まで送ってもらっていただけで、何故休みの日にまでこの人と会わなきゃいけないのか。

……どんなに夜遅くになっても泊まろうとしない、変に律儀な人だけど、休みの日にまでわざわざ会ったら、まるで付き合っているみたいで、なんかやだ。

「なるちゃん？」

私がうろたえているのをよそに、浜坂さんはどこまでいってもマイペースだ。なあんだ……私だけか、動揺してたのは。

どうにかいつもの調子でしゃべろうと、気を取り直して自分のシフト表を頭に思い浮かべる。

「明日は休みですよ」

「そっかそっか。ほな明日、一緒に料理しょうか」

「はあ……？」

なにを言っているんだ、この人は。二度目。

私がもごもごしている中でも、浜坂さんはマイペースに笑っていた。

「俺も味付けは目分量やし、味見してくれたほうがええ。貧血に効くレシピをその子になるちゃんが教えたったらええやろう？」

「あ、はい……そういうことなら」

生理中はいつも具合が悪そうな花梨ちゃんを思うと、たしかに放っておけないよなあと思う。

でも……浜坂さんも言っている、料理のこと以外が原因じゃないかって可能性もあるんだけど。だって、花梨ちゃんは私よりもよっぽど、生活管理をきっちりしているんだから。

うーん、私だと花梨ちゃんと近過ぎて、客観的に考えられないや。これも料理するときに、浜坂さんにこっそり質問しておいたほうがいいかな。

夜遅くまで働いてバタバタしてくたびれている私に、浜坂さんはコンビニのカットキャベツにホタテの水煮缶、夏から放っておいた素麺で温麺をつくってくれた。カット野菜ってこうやって使えばいいのかと、今更ながらわかったような気がする。

＊＊＊＊

休みの日に、浜坂さんを家に呼ぶのもなあと思ったけど、よくよく考えれば、これまでもひとり暮らしの家に不審者めいたこの人を上げているので今更だったと考え直して、いつもの駅前で待ち合わせをした。

そろそろダウンコートにしたほうがいいかな。そう考えていたとき。

「なるちゃん」

振り返ったら、いつもの目立つ黒コート姿に、色付き眼鏡のオプションを付けていた。

思えば朝に浜坂さんに会うのは初めてで、吸血鬼なのに大丈夫なんだろうかと思っていたけど、本人はかなり元気そうだから、日光に弱いとは言っていたけど、動けなくなるほどのものではないらしい。

「一応確認やけど、なるちゃんの知り合い。好き嫌いある？」

「好き嫌い、ですか……」

花梨ちゃんの好き嫌いを考えるけど、あの子は本当に季節のものを取り入れてご飯をつくってるし……でも、よくよく考えると自炊してたらわざわざ自分の嫌いなものなんてつくらないかと思い直す。

だとしたら、飲み会で食べてないものだけど。

うちの上司に誘われて焼き肉を皆で食べるときも、あの子は野菜と一緒じゃなかったら絶対に食べなかったし、タレの味付けを嫌がって塩で食べてたなあ……。

「脂肪を摂り過ぎるのを嫌がってたくらいで、タン塩、レバー、ハート……なんでも食べてましたよ？」

「うん、せやったら普通にレバーはいけるんやね？」

「そりゃまあ……私は苦手ですけどねえ」

「あや、なるちゃんがあかんのん」

そういえば、レバーは貧血にいいから食べたほうがいいとは、どこでも言われる。

私はレバーのぐちゅぐちゅした食感や苦さが苦手だし、なによりもレバーの処理がわからなくって自分家で食べようと思ったことがない。

……貧血だからって、レバー食べようとか言うのかな。この人は。

私がふるりと震えているのに、浜坂さんは笑う。

「やっぱり苦手なもんはあるもんなあ。野菜は苦手なもんある？」

「野菜は友達も私も、特にないですけど」

「ほな、そこまで気にならんようにしよか」

レバーのあの苦みを抑える方法ってあるのかな。私は怪訝《けげん》なものを見る目で浜坂さんを見ながら、一緒にスーパーに入った。

スーパーの手前の野菜コーナーで浜坂さんが手にしたのは、ニラ。

「なるちゃん、昨日のカットキャベツまだ残っとる？」

「あ、はい。ひとり分って言いますけど、なかなか生だけで食べませんし」

「ほな、キャベツは今日は買わんとこうか」

半分のキャベツに伸ばした手を引っ込めて、代わりに取ったのは生姜、長ネギ。トマトも買ったけど、これどうするんだろう。

そのまま肉コーナーに行って手にしたのは、鶏レバーに鶏ミンチだった。あと餃子《ギョーザ》の皮を手に取る。

これって……。

「餃子……ですか？　レバーも具なんですか？」

「せやせや。餃子は血液ドロドロなるからあんま食うなって声もあるけど、野菜は油と一緒に摂らんかったら回らん栄養もあるし、肉は野菜と一緒に食べると、そこまで血を濁らさへん。野菜を多めに入れたら、案外食べられるもんやで。ビールのあてにして必要以上に食うから、あかんってだけで」

「なるほど……」

たしかに餃子をつくるときは、実家でもうんと野菜を入れていた。おまけに鶏ミンチだから、案外ヘルシーなのかもしれない。

ただ……気になるのは存在感のあるレバー。

これ、本当に味が隠れるのかなと、ついつい心配になってしまうんだ。

家に帰ると、浜坂さんは早速レバーの下処理をはじめた。水で洗ってから、牛乳に漬けておく。匂い消しらしい。

その間に、野菜を洗って刻む。ニラもキャベツもみじん切りにしたら、ボウルにどっさりと入れる。私はそれをまじまじと見た。

「これ、浜坂さんも食べるんだったらともかく、私ひとりじゃ消費しきれませんよ？」

「ん、残った餃子のタネはチャーハンの具にしたらええよ？」

「それにしても多過ぎですよ」

「多くっても、火ぃ通したらかさが減るしなあ」

長ネギも緑の部分までみじん切りにした。

生姜は皮ごとおろし器ですり下ろしたあと、一部はボウルに投入してから、残りは小さめのフリーザーバッグに入れてしまった。

「全部まとめてすり下ろしたのに、使うのこれだけですか？」

「生姜はまとめてすり下ろして、残りは凍らせておけばええんや。ほんまは使うたびにすったほうがええんやけど」

「ズボラですみませんでしたっ!!」

家に上がり込んで五日目で、さすがに浜坂さんも、私のズボラ具合がわかったみたいだ。恥ずかしい……。

そんな会話をしている間にも浜坂さんは、牛乳に漬け込んだレバーを取り出し、臭みの移った牛乳を捨ててレバーの水分もキッチンペーパーで拭き取ると、それをがんがん包丁で刻みはじめる。

「ほな、ボウルに鶏ミンチも入れてー」

「あ、はい。調味料はなにを入れたらいいんでしょ？」

「酒に醤油、ゴマ油かな。あと卵と片栗粉」

「あ、はい」

調味料は本当に普通の餃子と変わらないなあ……。私は恐々《こわごわ》と浜坂さんが包丁で叩《たた》きまくっているぐちゅぐちゅのレバーを見ながら思う。

レバニラ炒めが鉄分摂るのにいいとは言うけど、家でつくるとなったら躊躇する。ましてやぐちゅぐちゅのレバーは、なにも知らないで見たら軽くホラーだ。これ本当においしいのかな。

そう思いながら、言われたとおりに鶏ミンチを入れたら、調味料も加える。浜坂さんはそこでようやくレバーを入れて、かき混ぜはじめた。鶏ミンチが入ったせいか、思っているよりも普通の餃子のあんみたいになってきたところで、ふたりがかりで餃子の皮で包み出した。

「普通の、餃子ですよね……思ってるより」

「なんや、俺がもっとキワモノ食べさす思たん？」

「もっとレバーを推すのかと思ったんですけど」

「そらレバー好きな子はええけど、苦手な子に無理さすんはなあ……」

浜坂さんが本当に早く餃子を包んでいくものだから、私がもたついて包んでいる間に、あっという間に餃子は焼くだけになってしまった。

ちょっとだけ残ったあんは、チャーハンの具になる予定だけど。まだ不安なんだけどな、これおいしいのかどうか。

焼き方はごくごく普通で、フライパンにお湯を入れて蒸し焼きにしたあと、皮が透けたところでお湯を捨てて皮がパリッとするまで焼くという、シンプルなもの。

焼き上がるまでに、浜坂さんは麺つゆをお湯で割ると、それに溶き卵と賽《さい》の目切りにしたトマトを加えてスープにしてしまった。

レバー餃子に、トマトと卵のスープが、今日のお昼ご飯となったわけだ。

餃子はポン酢醤油《ずしょうゆ》で食べることにした。匂いを嗅いでみるけど、やっぱり普通の餃子の匂いだ。別に生臭くもえぐさもない。

恐る恐るポン酢を付けてから、ひとつ食べてみる。

「……おいしいです」

レバーのえぐみも、鶏ミンチの淡泊さを足したら、かえって鶏ミンチにコクをプラスしている味になっている。おまけに、思っているよりも野菜が多い。

スープもあっさりしているから、一緒に食べると口の中がさっぱりする。

今日は珍しく浜坂さんも一緒に食べてくれたのは、さすがに餃子が残っているせいだと思う。

「これでビールあったらええんやけど、食育中の子とビール飲むのはなあ」

「買ってきますか？　最近あんまり飲んでないので酔ったらどうなるかわかりませんけど」

「自分、ほんまに自分大事にせなあかんよ？」

浜坂さんは渋い顔で餃子を食べるので、私はなんとも言えなくなってしまった。

とにかく、このレシピは花梨ちゃんにも教えておいてあげよう。私はレバー餃子のレシピと味の具合をメッセージアプリで送る。

それにしても。前に浜坂さんが言っていた花梨ちゃんの事情ってなんだろう。

「あの、前に浜坂さん、私の知り合いに別の事情があるんじゃないかって言ってましたけど」

「言うたなあ……これは血がドロドロの場合も貧血も共通やけど。血ぃ滞らせるのはストレスやで。なるちゃん、お疲れ気味のときは顔色、化粧でも隠せんこと気付いとる？　初めて会ったときも、化粧きつなってたけど」

「えっ⁉」

私は思わず、ばっと顔に触れる。

心当たりはある。化粧のりがあんまりよくない気がすると、ファンデーションをがんがん塗ったら肌の透明感がなくなってしまったので、それを補うように他のメイクもきつくなってしまうという、あれ。今日はそこまで化粧を濃くはしてないつもりだけど……。

浜坂さんは、ハハハと笑う。

「今日は休みやし、最近は顔色ええから大丈夫やろ。なるちゃんの知り合いもストレスの元あるんやったら、それを潰すのが先やろうね。それとなく話聞いたりぃ。それだけでちょっとは軽なる場合もあるし」

「そう……ですかねえ」

「その子のために心配して解決方法探したってる子が、なに言うとるん」

その言動になんとなくくすぐったくなりながら、私はふと思う。

「あの……私の血って、今でもまずいんですかねえ？」

「たった三日の食育で血ぃ全部変わったら楽なもんやろ」

「そうですね……ははは」

そう誤魔化しながら笑いつつ、もやもやとする。

出会ってから五日目。最初に血を吸われて以来、噛まれることもなく、ただおいしいものをつくってもらっているだけだ。

この人になにか返したいなと思っても、血以外にないことに気付いてしまったけれど、それをやんわりと断られてしまったら、こっちもどうすればいいのかわからない。

＊＊＊＊

次の日、私は朝番だったために、慌ただしく朝ご飯の準備をはじめた。

昨日炊いたご飯をよそい、前に花梨ちゃんが教えてくれた具だくさんの味噌汁を飲む。あとは残っていたきのこを敷いて、その上に卵を投下してレンジでチンしたポーチドエッグに、ちょっとの醤油をかけていただいた。

「ご飯の朝食を食べるようになるとは思わなかったなあ……」

私はそうしみじみ言いながら、お弁当の準備もする。

ずっと菓子パンかサンドイッチをコンビニで買って、それにペットボトルのお茶を足すという食生活を続けていたけれど、浜坂さんがつくってくれた料理がおいしくて、残してくれたものや材料が傷んで捨ててしまうのがもったいないと、それらを全部食べようとしたら、自然とお弁当を持っていこうという結論になってしまうのだ。

昨日つくった餃子のあんを炒め、レンジでチンして温めた冷凍ご飯と卵を入れてさらに炒める。そこにきのこを足したら、冷凍きのこは消えてしまった。

だいたい炒め終えてから、少しだけ醤油を足す。お弁当は冷めたら味を感じなくなってしまうから、気持ち濃いめに味付けをして、チャーハンを完成させた。

「……本当においしい」

味見してみて、しみじみと思う。

レバーも、餃子の材料と合わせたら食べやすいと知ることができたのは新鮮な発見だったし、野菜もたくさん入っているから、食物繊維で腹持ちもいいだろう。

私はそれをお弁当箱に入れて、冷ましている間に、スマホの着信メッセージに目を通す。

花梨ちゃんからだ。たしか花梨ちゃんの今日のシフトは昼番だったから、休憩時間に一緒になるかならないかくらいだったと思うけど。

【昨日はおいしいレシピありがとう。どうしたの、彼氏でもできたの？？】

あまりにも唐突な言葉に、私は乾いた笑いが漏れる。

吸血鬼に食育されているなんて言って、信じる人間がどれだけいるのかという話だ。

でも餃子をつくれたってことは、もうひどい生理痛のほうは大丈夫なのかな。それに……。

浜坂さんは花梨ちゃんの体調不良をストレスじゃないかと言っていたけれど。いつも話している感じだと全然わからないけど、花梨ちゃんの体のほうが悲鳴を上げているんだったら一大事だ。

私は少し考えてから、メッセージを送る。

【料理が得意な知り合いができただけだよ。餃子つくれたってことは、生理痛はもう大丈夫そう？】

すぐに返信が来た。早い。

【生理痛はもう大丈夫だけど、また婚活で失敗した。もう四人目。外ればっかり引いて、本当に勘弁してほしい】

……ん？

美人で、料理もできて、自分磨きに余念がないのが花梨ちゃんだと思っていたけれど。それが婚活って。

私はメッセージをタップする。

【どういうこと？】

【もうアラサーだから、今のうちに婚活しようかと結婚相談所に登録したけれど、なんか変なマッチングばっかりされて、本当に嫌】

そこからは、アプリ画面が花梨ちゃんの愚痴で埋まってしまった。

花梨ちゃんは自分磨きを続けた結果、美人で料理上手というスキルを獲得した訳だから、相手も努力している人がいいと言っていた。

でも職場は女の園だし、上司は既婚者だし、出会いなんてほとんどない。ショッピングモールの出入り業者の人とだって、オペレーションセンターにいたらなかなか顔を合わせることもないし。

学歴も年収も普通の人、誠実な人、と高望みはしていないにもかかわらず、マッチングされてくる人、マッチングされてくる人が、お見合い初日でホテルに連れて行こうとする人ばかりらしい。その後のお付き合いを断る申請ばかりしていて、くたびれてしまったという。

アラサーと言っても、花梨ちゃんも私もまだ二十代半ばだし、そこまで焦る必要はないと思うんだけど。

そうは思っても、花梨ちゃんは自分の努力を踏みにじられたような気がして、それでストレスが溜《た》まってしまったんだろう。

私はその手のことはとことん鈍くできているから、花梨ちゃんの愚痴をただ、黙って読むことしかできない。

【大変だったねえ】

ただその文字をタップして送るくらいしか、してあげられることがなかった。

結局は私が出勤するギリギリまで、愚痴を延々と読んで、相槌《あいづち》を打つこととなったのだった。

＊＊＊＊

休憩室で、お弁当のチャーハンにコンビニで買ってきたサラダ、ペットボトルのお茶を足して食べていたら、バタン。という大袈裟《おおげさ》な音を立てて休憩室のドアが開いた。

びっくりして思わず振り返ると、不機嫌全開の花梨ちゃんが大股で歩いてきて、私の隣に座った。

相変わらず、ちゃんとしたお弁当をつくってきて、自分で淹《い》れたお茶を飲んでいるけど、花梨ちゃんのぶすくれた顔はなかなかいつもの素敵な笑顔には戻らない。

「花梨ちゃん、おはよう……大丈夫？」

「……ほんっとうにもうやだ……今のマッチング相手」

そう言って、もぐもぐとお弁当を食べる。もうそれは食べているというより、無理矢理口に押し込んでいるみたいな感じだ。

それに私は恐々と聞く。

「その相手、相談所の人？　嫌だったら、マッチングを取り消してもらえないの？」

「……もうこちらからマッチングを連続で取り消すことってできないの。連続でマッチングが成立しているのを断ると、ペナルティーで相談所を辞めさせられちゃうから」

ペナルティーにもお金がかかるから。その話を聞いて、私はなんとも言えなくなる。

これって、花梨ちゃんが結婚に焦り過ぎて、変な相談所に入ったのが原因で、全部が裏目に出ているような気がする。

でも、落ち込み過ぎている人は、落ち着いてからじゃないと説得が通じないし、どうしよう。

仕方なく、私は花梨ちゃんのお弁当をちらっと見て、ポテトサラダを見つけると、自分の弁当箱を差し出す。

「私のも食べていいから、それ食べていい？」

そう、わざとらしく明るく言う。

花梨ちゃんは力なく「いいよ、食べたかったらあげる」と返すので、オーバーリアクションで「おいしい！」と言いながら食べた。

隠し味にからしを入れているのか、味に奥行きが出て、本当においしいんだ。

でもこのおいしいポテトサラダを食べていると、しみじみと思う。

普段から頼りがいがあって、努力を怠らない子が、こんなに落ち込んで体を壊すのは、やっぱり間違っている気がする。

「花梨ちゃんのいいところを見ない男の人って、やっぱり変だし、花梨ちゃんにいい人を紹介しない相談所もおかしいよ」

「……そう？」

「私はそう思うよ」

本当に思うことを言ってみる。

落ち込んでいる子を、どうやったら慰められるんだろう。私はそう思いながら、今日浜坂さんに相談することを考えていた。

料理で全部解決できるなんて万能なことは思ってないけど、少しでも助けになるんだったら、それは嬉しいことだと思うから。

＊＊＊＊

今日の仕事は早めに終わって、駅に着いたものの。今日は浜坂さんの姿が見えない。思えば、あの人とはメール交換もしてないし、メッセージアプリのＩＤすら教えていない。名刺はもらっているものの、あれって仕事用のものだろうし、そこに連絡して仕事の妨害をしちゃまずいよなあと思って、登録していない。

変な出会い方だったにもかかわらず、すっかり私は浜坂さんに甘えてしまっているな。そう苦笑していたら、ようやく見慣れた黒づくめの人が改札口から出てきた。普通にＩＣカードをポン、と自動改札機に触れさせている浜坂さんを、少しだけ目を真ん丸にして見つめてしまう。

……電車通勤だったのか。吸血鬼なのに。変な驚きと共に、浜坂さんが笑顔で手を振るのに、私は会釈をする。

「ああ、こんにちはー、なるちゃん。今日は早かったんやねえ」

「こんにちは……電車で来てたんですねえ」

「せやで。ひとりで乗るのは大変やけど、定期があったら挟まることもあらへんし」

「あのう……挟まるって？」

「俺、写真に写らんって言っとるやろう？　それのせいか赤外線センサーも反応せえへんから、自動ドアとか開かんねんなあ」

……今まで一緒に行動してたけど、全然気付かなかった。でも、よくよく考えると写真に写らないってことは、その手の機能の付いている機械も軒並み作動しないいんだろう。

自動ドアに挟まっている浜坂さんを想像したら、シュール以外の何物でもなくて、思わず噴き出してしまったが、当の本人はきょとんとした顔でこちらを見下ろしていた。

「どないしたん？」

「な、なんでもないです……！　あ、あの……相談したいことがあるんですけど、いいですか？」

「そりゃかまへんけど、なにー？」

ゆったりと歩きながら、私は花梨ちゃんの話をしてみる。

さすがに変な結婚相談所に引っかかったことは言わなかったけれど、この間話をした知り合いが婚活が原因のストレスで具合が悪そうだという話はできた。

「はあ……やっぱりストレスは万病の素やねえ。普通に考えたら、体壊してまで続けることとちゃうから、婚活そのものをやめたほうがええって言うたほうがええんやろうけど、問題はそこちゃうやろうねえ……」

「やっぱりそう思いますか？」

「どっちかいうたら、これは承認欲求の問題ちゃうかなあ」

「承認欲求の問題……ですか？」

自分だと考えもしなかった言葉が飛び出て、私は目を白黒とさせる。すると浜坂さんは「せやせや」と頷いた。

「誰かにちゃんと認めて欲しい、まずはその欲求自体を、認めるところからちゃうかな。過剰にきちんとしている子っていうのは、ええとこのお嬢さんか、そうせんかったらあかんかった……長子で下がおったり、実家が厳しかったりな……子のどっちかやろうしな。我慢するのが癖になってて、欲求不満を表に出しづらいんやね。んー……承認欲求を満たすっちゅうのは、本人が納得せぇへんかったらあかんから難しいなあ」

「そこまで……難しい問題なんでしょうか？」

「なるちゃんみたいに、悪く言うて鈍い、よく言うてマイペースやったらええんやけど、皆が皆そうは生きられへんっちゅうこっちゃね」

　鈍いとか言われた。

　私はしゅん、としながらも、そうじゃないと首を振る。今は私の話じゃなくって、花梨ちゃんの話だ。

「せめて元気になって欲しいんですけど……私なら甘いもの食べたら元気になりますけど、体に悪いのは浜坂さんは反対なんですよね？」

「別に甘いもん全般をやめえ言うてる訳ちゃうで、俺も？」

「……え？」

　前から私に「甘いもの食べ過ぎ」って言っているから、てっきり甘いもの全般の摂取を嫌がるかと思っていたのに。

「ただ、白砂糖は精製するときにほぼ栄養が失われてるからなあ。菓子全般に使われてるのは味に雑味が入らんようにと、どうしても白砂糖になるから、おすすめせんだけで。はちみつとか黒砂糖やったら、別に反対せえへんし」

「え……そうだったんですか……？」

聞いたことはあっても、意識したことなんて全然なかった。でもたしかに市販のお菓子のパッケージには、砂糖の文字を真っ先に見るような気がする。

浜坂さんは指を折りながら、眉間に皺《しわ》を寄せる。

「せやかて、クッキー焼くのかて、二十枚分焼くと仮定したら、小麦粉二〇〇gに砂糖一〇〇g、バター一〇〇g……これを許可出せると思う？　そら一枚二枚やったら大したことないけど、これ仮に五枚食べるとしたら……」

「あーあーあーあー……聞きたくありませんっ！」

思わずばっと耳を塞いでしまう。

お菓子をつくっていたら、自然とダイエットについて考えてしまうという人はいるけど、数字にされたらそんなに量を使っているんだと、どうしても意識する。

私が脅えているのに、浜坂さんは「ははは」と笑う。

「さっきも言うたけど、別に甘いもんやから全部許可出さん訳ちゃうねん。全く食べんでストレス溜めるくらいやったら、一番消費のいい朝に食べればええだけやし、もし夜に食べるんやったら、ちょっと考えなあかんよってだけで。ほんで話戻すけど。なるちゃんはストレスで体壊してる子に、甘いもんでも食べて元気出してってしたいんやろう？　聞いてる限り、その子は自己管理きっちりしとる子やし、食べる時間守れるから大丈夫やろ」

「あ……はい……そうです」

私は気を取り直して頷くと、浜坂さんは「うん」と顎に手を当てる。

「せやったら、スイートポテトでもつくって持ってったりぃ。もし昼番やったら、お弁当やなしに、摘まむもん程度しか食べられへんやろう？」

「あ、はい」

でもスイートポテトって。私はつくり方を思い返す。

さつまいもを裏漉《うらご》しして、バターでコクを出す。でもバターを入れたら結構なカロリーオーバーになってしまうんじゃ。

そう思ったけれど、先を行く浜坂さんのゆったりとした足取りに慌ててついていった。

スーパーに着き、カゴを取ると野菜コーナーに向かう。早速さつまいもに手を伸ばそうとしたら、浜坂さんは「ちょい待ちぃ」と言って指を差す。

指を差した方角には、秋から見かける、焼き芋コーナーだ。焼き芋器から漂う芋の香ばしい匂いがお腹を刺激してくるのに、浜坂さんは「それふたつちょうだい」と店員さんに言うので、私は目を白黒とさせる。

「……わざわざ、焼き芋を買うんですか？」

「んー……ほんまやったら自宅で焼き芋できるのが理想的やけど、なるちゃん家でやったら賃貸やし、いろいろうるさそうやしねえ。オーブントースターで焼き芋にする方法もあるけど、なるちゃん家のやと微妙そうやし。さつまいもって、焼き芋にするんが一番甘なるんよ」

「そうだったんですか……？」

焼き芋をほとんど食べたことがないから、違いなんてわからなかった。最近は焚《た》き火を禁止している場所も多いし、自宅で焼き芋をつくるのも制限が多過ぎる。

浜坂さんは笑いながら、次にジャムのコーナーに歩いていって、はちみつの瓶を手に取った。

「一番ええ具合のさつまいも使ったら、わざわざバターでコク出さんでも美味いからなあ。せやけどさつまいもだけやったらパサつくから、はちみつを足したらええよ」

そう言いながらはちみつの瓶をカゴに入れ、夕食の材料を加えたあと、私たちはそれを買って帰ることにした。

家に着くと、焼き芋の皮をめくって、中身をボウルに入れたら、はちみつを少し加えてざっくりと混ぜはじめる。

黄色い部分は艶々しているし、ボウルの中でも簡単に混ざる。

「卵黄があったら、それをはけで塗って焼き目を付けるんやけど、どうする？　見た目は綺麗になるけど、カロリーはちょっと上がるかなあ」

「うーんと、ストレス軽減するのが目的なんで、カロリーは度外視の方向で。もう充分カロリー抑えられていると思うので、卵ひとつ分くらいだったらなんとか」

「了解」

浜坂さんは納得すると、卵を割ると、ひょいひょいと卵黄と卵白を分離させた。卵白はあとでスープの具にでもするかなあとぼんやり思っている間に、浜坂さんはさっさと卵黄を溶いて、成形したスイートポテトの表面に塗りはじめた。

オーブントースターで焦げ目が付くまで焼けば、それでおしまい。

私は焼き上がったひとつを、ひょいっと食べる。

いつも食べるスイートポテトはコクがあるけどこってりしていて後を引くおいしさだとしたら、これは甘くてあっさりしているけど、充分満足感のあるおいしさって言えばいいんだろうか。

「……おいしいです」

「そうかそうか。でもあんま食べると晩飯入らんようなるから、ほどほどにしいや。知り合いに持っていったるんやろ?」

「あ、はい!」

スイートポテトを冷ますために、食器棚から大きめのお皿を探しているとき。

すっと首筋をなぞられたことに気付いた。

浜坂さんの少し乾燥した指先が私の首筋を通っていくのに、私は固まった。

……あのときと、初めて会った日と同じだ。

私に食事の世話をしているのは、他でもない。私の血を吸うためだった。忘れていた訳ではないけれど。さっきまでの陽気な雰囲気がなりを潜め、私も緊張して声がかすれてくる。

「あ、の……私の血、まだおいしくないんじゃ……」

「……あー。まだ日も落ちとらんのに、悪い」

お皿に伸ばした手を引っ込め、固まっている間に、私の髪はかき分けられた。うなじが露《あらわ》になっている中、ゆっくりと牙が首筋に入っていくのがわかる。

血のにおいが鼻を通っていき、痺《しび》れが襲ってくるのに震えている間に、今度はざらりとした感触が後を追う。血を吸われて……舐《な》められたんだと思う。

「……やっぱり、まずいなあ。まだ」

浜坂さんのぼやき声が、私の耳を掠《かす》め、同時にようやく体の自由が利くようになった。

浜坂さんが私から体を離したあと、首筋に触れたら、既に歯形もうなじの傷口も塞がってしまっていた。

いったいどこに、血を吸いたいと思うきっかけがあったんだろう。

ただお菓子をつくっていただけなのに。

私が困った顔で振り返ると、浜坂さんもまた、困ったように眉を下げていた。

「ほんま、堪忍な」

「ええっと……」

ここで「いいんですよ」とも「困ります」とも答えることができず、私はただ、「お皿出していいですか？」とだけ尋ねた。

＊＊＊＊

結局夕食にきのこたっぷりの肉豆腐をつくって、浜坂さんは帰っていったけど。

私は洗面所に行って首筋を鏡で見た。

初めて血を吸われたときと同じ。首筋には蚊に刺された痕みたいなものすらなく、嚙まれた痕跡はどこにも見つからなかった。血のにおいはしたし、嚙まれて痛かったはずなのに。

これは浜坂さんが持っている、目を合わせたら身動きが取れなくなる力だったり、鏡や写真にはうつらない性質だったりと一緒で、なにかしらの理屈があるのかな。そう思いながら、私は噛まれたはずの部分を押さえた。嫌ではなかったんだ、本当に。

あの人は優しいし、私だけでなく花梨ちゃんの話も親身になって聞いてくれて、力を貸してくれる。おいしいご飯をつくってくれて、私に振る舞ってくれている。でも。

私と浜坂さんの関係って、すっごく微妙だ。

吸血鬼と献血バッグの関係って、他にたとえればなになるんだろう。捕食者と捕食対象とか、肉食動物と草食動物とか、なんだか対等じゃないものばかりが頭に浮かぶ。

友達ではないし、知人にしては私もあの人が吸血鬼でライターをやっているということ以外なにひとつ知らないし。同棲もしてないし、だからと言って距離感は近過ぎるし……。

考えれば考えるほど、歪《いびつ》な関係だなと思って、溜息をついた。

私はあの人の献血バッグなんだから、おいしいご飯と引き換えに、おとなしく血だけ吸われていればいいでしょ。

それ以外を期待しちゃいけないし、流されてもいけない。

……そもそもズボラが過ぎて、コンビニご飯か外食ばかりの私が、普通に家でご飯を食べられるのは、浜坂さんのおかげでしょうが。

ただ、なんの関係もない赤の他人として、関わらなければよかったなんて、思いたくなかっただけだ。

＊＊＊＊

次の日、私はスイートポテトをおやつに、お弁当に昨日の夕食である肉豆腐と小松菜の煮浸し、黒ゴマご飯を詰めて、仕事に出かけた。

ずいぶんと荒《すさ》んでいた花梨ちゃんは、今日は少し落ち着きを取り戻している。

「おはよう、今日は体調大丈夫？」

「ああ……なる。本当にごめんね。うざいメッセ送って」

「愚痴くらいは聞くから別にいいよ。今日はおやつもあるから、よかったら一緒に食べよう」

私がそう言うと、花梨ちゃんは目をじっと細めた。……なんでそんな顔をするの。

「やっぱりあれでしょ、なる。男できたでしょ」

「へえ……？」

ぱっと浜坂さんが頭に浮かぶけれど、ぶんぶんと首を振る。

本当の私と浜坂さんの関係なんて言ってしまったら、警察に通報されてもおかしくないし、どうにか一般社会に溶け込んでいる浜坂さんのおかしい部分が露呈してしまうのは可哀想《かわいそう》だ。

でも花梨ちゃんがじっとりとした目のまま、こちらを見てくる。

「今までズボラで売ってきた子が、急に健康に気を使いはじめたり、料理に凝りはじめたりしたのを見たら、普通になんかあったたって思うわよ」

「……いや、私もアラサーだから、そろそろ健康に気を使わないとまずいなと思っただけで。本当に付き合っている人はいません。はい」

「ふうん……まあそういうことにしといてあげるけど」

私が必死で誤魔化《ごまか》しているので見逃す気になったのか、花梨ちゃんのほうから引いてくれて、心底ほっとする。

この間からのポイントキャンペーンから一転。今度はショッピングモールの誕生祭のバーゲンで、今日もあちこちから電話や店舗への電話の中継などが殺到し、てんてこ舞いになる忙しさだった。

私たちがぜいぜいと電話対応を続けて、終わったのは既にお昼の時間からだいぶ過ぎた頃だ。

ぐったりとしながら休憩室に行き、お弁当を食べる。

精神的にキツいときはつくる気力すらなかったのに、今日の花梨ちゃんはきっちりお弁当をつくってきているということは、ストレスの原因だった婚活のほうはどうにかなったんだろうか。

ふたりでお弁当を食べ終え、おやつとしてスイートポテトを分けた。花梨ちゃんは「あー、おいしい」ともりもり食べるので、ちょっとだけほっとする。

「花梨ちゃん、その……大丈夫？　あの、メッセにあった」

「ああ、婚活？　本当に悩んだんだけどねえ。体を壊してまでやることなのかって考えて、結局そこの相談所、解約したんだよね」

そう言ったことに、私はほっとした。

でも……ずっと結婚のことを考えていたんだろうし、どうするんだろう。私もスイートポテトに手を伸ばす。花梨ちゃんは指先をウェットティッシュで拭き取りながら続ける。

「だから、ちょっと教室に通うことにした。そこで見つかったらいいんだけど。自分も本当に見る目ないから、また変なのを引っかけないか心配」

「あら、習い事？　なにをやることにしたの？」

「料理教室。ベタ過ぎるけどねえ……最近ストレス発散で料理教室に通う男の人も増えてるから。そこでガツガツしてない人が見つかればいいんだけど、うまく行くかなあ」

少なくとも。前の結婚相談所は明らかにおかしかったから、そこよりはまだマシそう。きっちりしている子だから、本当にいい人が花梨ちゃんを見つけてくれるといいんだけど。

私は「頑張ってね」と小さく言うと「じゃ、なるは？」と笑顔を向けられる。

「朝は逃げられたからねえ。結局あんたの最近の心境の変化はなに？」

……まだ続いていたんだ。その話。

私は視線を泳がせつつも、花梨ちゃんの話を聞き出したあとなのに、自分がなにも語らないのはフェアじゃないよなと、観念して口を開く。

「これ以上今の生活続けてたら倒れるからやめろって、怒られて料理を習ってるの」

「あら、どこの教室？」

「教室とかじゃないんだけど……ライターさん。最近知り合ったの。面白い人」

私がぽつぽつと言うと、花梨ちゃんはにこにこと笑う。

……面白い話なんて、なにひとつしてないと思うんだけど。

「付き合ってはいないけど、料理は教えてくれるんだ。ふーんふーん……」

「本当に、花梨ちゃんの考えるようなことは、なにもないからね」

「はいはい、そういうことにしといてあげる」

彼女にさんざんにやにやされたのに、私は必死で否定するものの、どこまで信じてくれたのかはわからない。

まあ、キレることなく、私を弄り倒せるくらいには元気になったということで、こちらはほっとしておくことにしよう。

＊＊＊＊

仕事が終わった頃には、すっかりとくたびれてしまっていた。

今回は数量限定の商品に対する問い合わせが多かったと思う。どこの店も、そろそろ決算の季節だから、バーゲンが多い。

ぐったりとしながら、ふらふらと駅に辿《たど》り着いたとき、いつもの真っ黒な格好で駅の近くのフェンスにもたれながら、小さなタブレットを操っている浜坂さんが見えた。前にスマホを使っていたのと同じく、仕事をしているんだろうか。

私は少しだけ距離を取って、彼の仕事風景を眺めた。

切れ長な目を縁取る睫毛はやっぱり長く、石榴色の目が伏せられてタブレットの画面に向けられている。しばらく操っていたが、次にスマホを取り出し、なにやらタブレットの画面写真を撮ってから、作業は終わった。多分バーコードを撮って入力した文字を吸い出したんだと思う。

ようやく顔を上げた浜坂さんは、少しだけ目を丸くしたあと、目を細めた。

「なんや、なるちゃん。声かけてくれたら切り上げたのに」

「こんばんは。いえ、人の仕事を切り上げさせるのはちょっと」

「真面目やねえ。フリーランスは自己責任やから、仕事の切り上げ時も自己責任やで」

そう言いながら、スマホとタブレットをジャケットにしまい込むと、ゆったりと歩きはじめる。

最初は違和感しかなかったのに、気付けば当たり前のように一緒に歩いて、一緒に買い物をしてから、一緒に家に帰って料理をしている。

この関係に名前を付けるとしたら、本当になんなんだろうと私が悩んでいても、浜坂さんはなにも言ってこないから、私もなにも言えなかった。

ただのんびりと歩いてスーパーに到着し、入口でカゴを持つ私に、浜坂さんは言う。

「昨日なるちゃんの血ぃの味見たけど、あれやねえ」

「え？　あ、はい」

昨日もまずいと言われてしまったことを思い出し、私が浜坂さんを見ると、浜坂さんはガリガリと頭を引っ掻《か》く。

「血流が乱れとるねえ」

「はあ……血流ですか？」

病院で測るようなことなんて、血の味だけでわかるもんなんだろうか。でもこの人、人の血を飲んで個人情報ゲットしてたから、ある程度はわかるのかな。私がポカンとしてると「難しい話ちゃうよ」と浜坂さんはひらひらと手を振る。

「ここで言う血流っちゅうのは、血圧の話ちゃうよ。漢方の考え方やね。漢方で言うところの血流っちゅうのは、血液に栄養とか酸素、エネルギーが運ばれる力のことを指すんやけど、血流が乱れとると、その力が落ちるっちゅうことや」

「……私、浜坂さんに食事指導してもらって、前よりもだいぶマシになったと思っているんですけど、まだ駄目だったんですか？」

「なるちゃん、自分、接客業やのん？」

そういえば、私がショッピングモールで働いていることは言っているけれど、普通は店舗のほうで働いていると思うなあと、今更気が付いた。

「ええっと……直接は接客してないですけど、電話応対はずっとしてますね」

「対人仕事っちゅうのは、なさ過ぎても困るんやけど、あり過ぎてもストレスのもとやからねえ。多分それでストレス溜まって血が滞っとう。漢方の考えやと、それは気《き》滞《たい》言うて、なかなか血が流れんことを言うんや。ちょっとストレス発散するようなものを選んで食べよか」

そう言って、浜坂さんは売場をいろいろ見始めた。

今は柑橘《かんきつ》類のシーズンだから、あれこれ売っている。浜坂さんはその中から柚子《ゆず》を選び、野菜は今時珍しい葉っぱ付きの大根丸ごと一本を手に取る。続いて鶏肉ミンチを選ぶ。

「あのう……これは？」

「気滞には柑橘類やけど、これでメインつくるのはなかなか難しいから、香りづけに使おう思て。柚子の香りの肉味噌やったら、たくさんつくっといたら、なるちゃんも弁当に持っていけるやろ」

「あ、おいしそうです」

「感覚でええけど、あんまりストレス溜まっとるときは、スパイス摂り過ぎはあかんで？　あと生野菜も今はちょっと控えて、少しでええから火を通しぃ」

体を温めたほうがいいけど、スパイスはやめたほうがいい。

少し矛盾しているような気がするけど、体にあまり刺激を与えるなという意味だったらなんとなくわかる。

でも大根を丸ごと一本なんて、どうすればいいんだろう。私が大根をまじまじと見ていると、浜坂さんは笑う。

「大根の葉はいろいろ使えるから、小さく切って取っときぃ。味噌汁の具にもなるし、炒めればふりかけになるし。大根も部位によって漬物、煮物、なんでも使える」

「私ひとりなのに、全部使いきれるかなと心配になりました」

「葉物はひとり暮らしやったら傷むからと気にするけど、最近なるちゃんは弁当つくったりしてるやろう？　明日の弁当のぶんもまとめて料理してると思ったらええやん」

そんなもんかな。今日はいつもよりも重いなと思いながら、袋をぶら下げて帰った。

家に帰ると、浜坂さんは早速台所に入り、大根を切り分けて、大根の葉をざく切りにしてしまった。

白い部分は、桂剥《かつらむ》きしていく。

「知っとると思うけど、大根は下の根の部位のほうが辛あて、上の葉を切り落とした側のほうが甘い」

そう言いながら、上部と下部にトントンと触れる。

「サラダに使うのは上部のほうが美味いし、漬物は下部のほうが甘過ぎないからええで。大根おろしの場合も、辛いほうが好きなら下部を使えばええし、甘いほうがええなら上部を使えばええ。まあ、火を通せばどっちも同じなんやけどなあ」

「大根の甘い辛いは知っていましたけど、使い分けまで考えたことなかったです。買えたもの使っとけばいいかなと……」

私が恐々と感想を言うと、浜坂さんは「相変わらずやなあ」と呆れた顔をしてくる。

……今度から、せめてサラダと漬物つくるときくらいは使い分けるから問題ないもの。

そもそも、普段は部位を切り分けているのしか買わないから、細かいことなんて考えないし。

浜坂さんは柚子の皮を削って、果汁は搾る。さすがに全部は使わないみたいで、半分は切ってラップでくるんだから、私があとでなにかに使えばいいんだろう。

「ほな、大根は俺がやっとくから、なるちゃんは味噌汁つくってぇ」

「あ、はい」

私はざく切りした大根の葉をちょっともらって、味噌汁の具に使うことにした。大根の上部もいちょう切りにし、出汁パックと水と一緒に大根を入れた。大根が少し透き通ってきたところで、出汁パックを取り出して、味噌を溶き、大根の葉を入れた。

私が味噌汁をのろのろとつくっている間に、浜坂さんはボウルに味噌と柚子の果汁、柚子の皮にみりんを混ぜて、味噌だれをつくっていた。フライパンで挽き肉に火を通したら、つくった味噌だれを回しがけして、味を付けていく。

大根は分厚い輪切りにして、軽く出汁パックと一緒にお湯で煮たら、そこに肉味噌をたっぷりとかける。

「ほんまはこれ、昆布出汁で炊くんやけど、ないもんなあ……」

そう言って私をじっとりと見る浜坂さんに、私は抗議の声を上げる。

「だって、ひとりだと、昆布なんてどうすればいいのかわかんないんですもん！」

「まあ、今は出汁パックもええのん多いし、それ買っとったら不自由ないもんなあ……で、味噌汁はできた？」

「あ、はい」

浜坂さんに聞かれて、私は味噌汁をつくった鍋を見せた。

大根の味噌汁にふろふき大根の肉味噌かけ。柚子の匂いが香ばしい中にさわやかなアクセントになって、おいしそう。

最後に浜坂さんは、大根に柚子の皮と果汁の余り、はちみつを揉《も》みこんで浅漬けをつくってくれたから、最初から最後まで大根たっぷりだ。

炊飯器のご飯と一緒に、それらを食べると、思わず目を細めてしまう。

「おいしい～、本当においしいです」

「これ、そんなに難しないで？　次からは自分でつくりぃや」

「わかってますよぉ。でも、不思議ですね」

「んっ？」

そこまで言って、私は押し黙ってしまった。

さんざん、花梨ちゃんにも言われたし、私も思ってしまったけれど。

まるで彼氏にご飯をつくってもらっているみたいだ。そう思ったけれど、それを口にしてしまったら、今の関係が壊れてしまいそうな気がして、私は言い出せなかった。

「大根尽くしですけど、味付け変えたらなんとか消費できそうです！」

代わりに言った言葉に、浜坂さんは「せやねえ」とにこやかに笑っていた。

＊＊＊＊

浜坂さんが今日も私に噛みつくことなく、「ちゃんと戸締りして寝えや」と声をかけて去っていったあと、私はひとりでスマホで浜坂さんの名前で検索をかけていた。

あの人が写真に写らないというのは本当なんだろう。彼が手掛けたという仕事で、ひとつも彼自身の写真は見つからなかった。

浜坂さんの存在自体が困るせいなのか、今時珍しくSNSのアカウントすら見つからず、浜坂さんが書いた流麗な文章ばかりが目に入った。

あの人のことを知りたいと思っても、彼の仕事成果以外はなにも出てこない。

そのことが寂しくて、今の気持ちが不毛で、私はただ膝を抱えて文章だけ読んでいた。

……吸血鬼を好きになっても、しょうがないのにね。

唐突に自覚してしまっても、どうしたらいいのかわからない感情だった。

あの人が私に優しくしているのは、献血バッグだからだっていうのに。献血バッグだと思っている人間からそんなこと言われても、きっと浜坂さんだって困ってしまうだろう。

私の仕事がショッピングモールの電話オペレーターだということは、浜坂さんは知らないし、私は浜坂さんがライターとしてどんなことをしているのかは、出てきた文面を読みながら察することしかできない。

私たちの関係はなんですか。

言葉にしてしまえば簡単になくなってしまう、そんな関係だ。

第三話

疑惑と困惑とパンケーキ

クリスマスソングがショッピングモールに鳴り響いている。それを耳にするたびに浮かれていたのは、いったいいくつまでだっただろうとぼんやりと思ってしまう。

これを聞くたびに、どうしても頭が痛くなるのは、年末年始になるとクリスマス、正月、福袋、バーゲンセール、などなどなどなどの問い合わせがぐっと増えて、てんてこ舞いになってしまうからだ。

電話オペレーターには年末商戦なんて関係ないだろうと思われがちだけど、そんなことは全然ない。

ときには店舗のほうにまで直接問い合わせに出かけないといけなくなる。この時期になったら、店舗側からも問い合わせ側からも怒られるという板挟み状態になってしまうことが多いので、本当に胃に優しくない季節なのだ。

私はぐったりとしながらシフト表を見る。

よりによってクリスマスも、大晦日《おおみそか》も、正月三が日もシフトが入ってしまっているため、私は「なにこれ……」と声を上げていた。

花梨ちゃんは、それに自分のことのように怒っている。

「さすがにこれはおかしいでしょ。三が日中に、一日も休みないじゃないの。これはちゃんとシフト抗議したほうがいいよ」

「うん……でもなあ……」

三が日の休みは、どうしても既婚者が優先されてしまう。子供がいるから、親戚に挨拶回りがあるから、親戚が遊びに来ているから、などなど。

独身にだって実家に帰りたいときはあるし、おせち料理の手伝いはしたいし、一日くらいなにもせずにひたすら寝るだけの正月を送りたいんだけど、これじゃあ期待できそうもない。

幸いというべきか、週に二日の休みは守られているのだ。ただシフトを一番忙しいときに入れられているだけで。

私は上司に言うだけ言いに行ってみたものの、案の定というべきか。

「ごめんね、洲本さん。お子さんがインフルエンザなのが二件、既に有給が入っているのが一件で、なかなか……」

「はあ……わかりました」

事前にシフトのハードさを察知した人たちが、ひと月も前から有給を申請していたんだったら、こちらも文句は言いづらい。それに身内がインフルエンザにかかったら、最低一週間は職場に立入禁止にするのは正しい話だ。

悪いのは自分の要領だろうと判断して、がりがり頭を引っ掻きながら戻ってきたら、花梨ちゃんに説教されてしまった。

「だから、そこでどうして文句を言わないの」

「そう言われても……既に申請が入ってたなら文句は言えないし、病気なんてどうしようもないでしょ」

「そうなんだけど！」

いい顔してたら駄目だとはわかってはいるものの、これればかりは誰を責めてもなあと思ってしまう。そう言ってくれる花梨ちゃんだって、三が日は一日だけしか休みをもらえていないんだから、交替してというのも忍びないし。

私たちにできるのは「年末年始、無事に生き残ろう」ということだけだった。

きっと今の私たちの血は、ドロドロに滞っているだろう。

＊＊＊＊

その日もぐったりしながら家路につく。

クリスマスプレゼントの需要のおかげで、お客さんから無茶な電話が続き、店舗側からも苦情が入ってひたすら謝り続けるというのを繰り返していたら、いろんなものがゴリゴリと削られていくのがわかる。

私がふらふらと改札口を出たら、浜坂さんが電話しているのが目に入った。このところ、私が来るまでずっと電話しているから、年末年始が忙しいのはどこの業界も同じらしい。

電話が終わるのを待っていたら、浜坂さんはようやく息をついて振り返った。日が落ちるのも早くなり、外灯で息が白く濁るのもよく見えるようになった。

「はあ……お待たせ」

「いえ。浜坂さんもお疲れ様です」

「印刷所が年末年始は閉まるから、無茶ぶりが多いんや、この時期になると」

ライター業の具体的な内容は聞いてないけれど、ネットだけでなく雑誌のライティングもしてたんだなと今更思っていたら、浜坂さんは「せやから」と続ける。

「ちょっと缶詰せなあかんねん」

「缶詰……ですか？」

「業界用語やったっけ？　引きこもってひたすら執筆するやつ。せやから、最低でも一週間は、なるちゃんに食事つくられへんねんなあ……」

そう申し訳なさそうに言われてしまうと、私も目を瞬かせてしまう。

この人に献血バッグ扱いされて食育されている今がおかしいのであって、ここは謝られるところなんだろうか。これ、私が前に戻るだけなんじゃないのかな。

そう思うものの、私はただ笑顔をつくった。

「いえ。お仕事お疲れ様です。忙しいんだったら仕方ないですよ」

「うーん……なるちゃん、嫌なことは、嫌やって言わなあかんよ？　そこが心配やなあ……」

「人の血を吸っておいて、今更じゃないですか」

「せやなあ……」

浜坂さんが困った顔をして笑うので、私はその表情で意地悪くも胸がすくのを感じていた。

しばらくふたりで歩いてから、浜坂さんは「そうや」と口を開く。

「なるちゃんの年末年始のシフトは？　もうわかっとる？」

「え？　私、今回無茶苦茶ですよ？」

クリスマスだって休みじゃないし、大晦日から三が日まで連続出勤だ。私がシフトを教えたら、浜坂さんは「ふんふん」と頷いてから、にかりと笑う。

「なるちゃんの休みの日に、デートしょうか？」

その言葉で、一瞬頭が真っ白になる。

休日にこの人と顔を合わせたことは、今まで一回しかない。

「はい……？」

かろうじて喉から出てきたのは、間抜け極まりない言葉だった。それに浜坂さんは眉尻を下げる。

「ありゃ、激務の合間やから、家で寝ときたかった？　あかんよぉ、冬場になったら寒うて家にこもりがちやけど、最低限外に出て体動かさな、血ぃ濁るから」

ああ、なんだ。デートと言っているだけで、ただの不摂生な私を外出させて健康管理したいだけか。勝手にそう納得して、勝手に落ち込む。

「いや、そうじゃなくって。私、食育されてる真っただ中で、外に出ても、その……」

ただでさえストレスを溜め込むであろう激務の合間にデートしても、外食したら余計に血が濁るだろう。

この人に血を吸われても、また「まずい」って言われるんじゃないだろうか。

私が口をパクパクさせてると、それに浜坂さんは「あー……」と言ってから笑う。

「俺も激務のあとで疲れとるから、お互い様や。お互いデトックスすりゃええやろ」

「そういうもんなんですか？」

この人、吸血鬼だからなのか元からなのか、相変わらずの健康志向だな。

そうぼんやり思っていたら、浜坂さんは満足げに「そういうもんや」とだけ答えてくれた。

その日、ふたりに来る激務に備えるためにと買いに行ったのは、鍋の材料だった。

トマトジュースに豚肉、鶏肉に、きのこ、ネギ、にんじんなどをぽんぽんと買っていく浜坂さんは、最後に溶けるチーズを放り込んだ。

「トマト鍋……ですか？」

「せやねえ。スープに溶ける栄養も逃がさんように食べるのが一番かなと。塩分としてソーセージ入れてもええんやけど、なるちゃんすぐに血ぃドロドロにするから、ほどほどにやなあ」

「ま、前よりは気を使ってますし！」

「あはは、そういうことにしといたろか」

そして浜坂さんは私に笑う。

私は重たいカゴを見る。

思えば、最初の頃は、私は浜坂さんに出されるまま食べていただけで、浜坂さんは自分の分はつくらなかった。

いつからか、ふたりで当たり前のように食事をつくって、一緒に食べている。

勝手に押しかけてきたはずなのに、しばらく会えないのかと思ったら、少しだけ寂しく思った。

私の気持ちを知ってか知らずか、浜坂さんは淡々と言う。

「なるちゃんはストレス溜めやすいから、定期的にカルシウム摂らなあかんよ。牛乳があったらええけど、ひとりやったらなかなか消費しきれんし、はよ傷んでまうやろ。でもチーズかヨーグルトみたいな加工食品やったら日持ちもするし、なんとか消費できるやろ。あとビタミン。野菜は摂るようになったから、豚肉食べるようにしい。豚汁やったら、野菜も豚肉も摂れるから朝と夕に食べられるやろ」

「あ、はい……そうします」

彼の説明を聞きながら、会計を済ませて、袋をぶら下げる。重い野菜類の入った袋は普通に浜坂さんが持ち、私は軽い肉類の入った袋を持って家路についた。

家に辿り着いたら、早速浜坂さんは鍋の準備をはじめる。野菜の皮を剥いて薄切りにし、鶏肉はぶつ切りにする。

私はその間に炊飯器で保温していたご飯を全部こそげて、ザルで水洗いしていた。チーズがあるんだから、締めにリゾットにするのがいいだろうと思ったのだ。洗っておいたら粘りが出ない。

トマト鍋は聞いたことがあっても、鍋の素を使わない鍋のつくり方はあまり知らない。そう思っていたら、浜坂さんは鍋にオリーブオイルを引いて、鶏肉に塩コショウを振って炒めはじめた。

「あれ、もうジュース入れるのかと思ってましたけど」

「鶏肉は出汁やし、先に味付けといて炒めとくんや。皮に火ぃ入ったら、ジュース入れて、にんじんも入れて炊く」

言われるがまま、皮に香ばしい焼き目が付いたところで、トマトジュースを注いで、にんじんと一緒に煮はじめた。

その間に鍋の野菜をボウルに入れて机に運び、カセットコンロもセットしてその上に鍋を移動させた。

火が通ったら、残りの具材も入れて煮て、それをふたりでカフェボウルによそっていただいた。

トマト鍋って、わざわざトマト鍋の素を使わなくってもつくれるんだなあと、今更思いながら、目を細めてそれを食べる。

そして正面をちらりと見る。吸血鬼がトマト鍋を食べている。それは本当にシュールな光景だなとぼんやりと思うけれど、これもしばらくは見られない。

浜坂さんがのんびりと具を継ぎ足し継ぎ足ししたあと、「ぼちぼち締めにリゾットする?」と尋ねてきたので、私は頷いた。

ご飯を鍋に入れて、上にチーズをかぶせて、蓋をする。

しばらくの沈黙の中、ふと浜坂さんが「なあ」と声をかけてくるので、私はびくんと肩を跳ねさせる。

「はい？」

「なんやその反応。別に怒ってへんよ。終わったら、血ぃ吸うてええ？」

そう聞かれてしまって、私はどんな反応をすればいいんだろうと困ってしまった。

いつだって勝手に噛みついてくるんだから、そんなに普通に聞かれると、言葉に詰まる。

「……私、もうすぐ激務ですから、血が足りなくなると困りますよ」

「ああ……せやねえ。すまんすまん」

そう言ってしゅんとされてしまうと、まるでこちらが意地悪言ったみたいだ。

仕方がなく、私は浜坂さんの隣に座ると、彼を抱き寄せた。座っていてよかった。座っていなかったら、ただ私が彼に抱き付いているみたいに見えた。

「……なんやのん、いきなり」

「ええっと。私、おいしそうな匂いがするらしいんで、匂い嗅ぐくらいならいいかと」

「それ、生殺しやなあ……」

蓋がぷつんぷつんと泡立つまで、しばらくそんな体勢でいた。

しばらく会えないと、この人の方言を聞くこともなければ、一緒に料理をつくって食べることもできない。血を吸われる心配はないけれど、この人に会えない。寂しいなと思ったけれど、口にしたら、まるで束縛する彼女みたいだ。だから、言える訳なんてない。

私たちは、別に付き合ってもいないのだから。

＊＊＊＊

クリスマンソングが耳に障る。そう感じるときは、だいたい疲れているときだけれど、本当にそのとおりだと思う。

バーゲンセールや福袋の予約の問い合わせに加え、ポイントキャンペーンに関することや、ポイントをクーポンへ換券する方法などまで、ひっきりなしに電話がかかってくるから、私たちは今日も食事の時間がずれ込んでしまった。

「……疲れた」

私たちが休憩室に着けたのは、既に昼時から大分ずれ込んだ頃。もうちょっとで私たちの帰る時間だというのが忌々しい。

花梨ちゃんはちょっと怒りながら弁当を食べている。

「一部はショッピングモールのサイトを見れば書いてあることじゃない。どうして調べもせずに電話で聞こうとするの。スマホくらい家にあるでしょ」

「許してあげなよ。パケ代が怖くって、未《いま》だにインターネット使わないお年寄りだっているんだから」

「今はスマホがシェア取ってたと思うんだけどねえ……」

私がもぐもぐとお弁当を食べていたら、その中身をちらっと花梨ちゃんが見る。

「なあに？　知り合いと喧嘩したの？」

唐突に言われて、私は箸を止める。

「なんで？」

「いや、またなるの食事が、雑になってるなあと思ったから」

私はあらためてお弁当の中身を見る。

きのこの炒め物に、大根の浅漬け、サバの缶詰と生姜の炊き込みご飯。

前の菓子パンとペットボトルのお茶と比べれば、各段にレベルアップしたと思っていたけど、それでも雑なのかあ……。

「してないよ？」

「そう？　前はもうちょっとだけ彩りがあったと思うんだけどなあ。本当にご飯習っている人と喧嘩したんじゃないの？」

「してないよ全然。単純に今、忙しいから」

「ありゃりゃ。会えてないの？　連絡もせず？」

「向こうも忙しいって言ってたし、迷惑かけるようなことはできないよ……」

浜坂さんの仕事状況はちっとも知らない。

このところずっと見ていた顔が見えないと、こちらもどうも落ち着かない。だからといって仕事で忙しい人に、メールで「会いたい」と送るのは失礼過ぎる気がして、もらった名刺のアドレスには、未だになにも送ったことはない。

私がうだうだ言っていると、花梨ちゃんが笑う。

「どんなに忙しいときだって、休憩時間は取るはずでしょ。アプリで連投したらさすがにうっとうしいし迷惑だろうけど、メールひとつを送るくらいだったら大丈夫じゃないの」

「そうかなあ……」

「大丈夫だって。でも、なるにはそういう浮いた話が全然なかったから、そんな話を聞くのは新鮮だわねえ……」

そうひとりで盛り上がっている花梨ちゃんに、私は苦笑いを浮かべるしかできなかった。まさか言えない。そういう関係ですらないんだって。

休憩が終わったら、あとは最低でも一時間は座り込まないといけない。食事が終わったあとゆっくりと屈伸運動をしていたら、花梨ちゃんがぱっと言った。

「まあ、あんまり不安なんだったら、一緒にご飯でも行く？　話くらいは聞くよ？」

「……本当に、花梨ちゃんが面白がるようなことなんて、なにもないよ？」

「いいじゃない、単純に私がご飯食べに行きたいだけなんだから、付き合いなさいよ」

そんなもんか。私はそう納得した。

でも。花梨ちゃんは浜坂さんほどではないけれど、健康管理をきっちりと行っている。外食っておいしいけど健康度外視の店も多いのに、どこに行くんだろうと、ふと思った。

＊＊＊＊

仕事が終わって、ぐったりとしながら私たちは更衣室で着替える。

「じゃあなにか食べたいものある？」

「んー……あんまり血が濁らないもの？」

「前に言ってた、不摂生を怒られたっていうの気にしてるんだ？」

「それが原因でご飯つくってもらってたくらいだから」

「ふーん。だったら元の木阿弥《もくあみ》になったら駄目だねえ」

どうも花梨ちゃんの中で、浜坂さんは健康オタクな心配性彼氏というカテゴリーに入れられているような気がする。

健康志向なのは単純にまずい血が駄目なだけなんだけどなあ。浜坂さんの事情を花梨ちゃんに言ってもどうしようもないから、黙っているんだけど。

ワンピースの下にスラックス、上にコートというういで立ちに着替え終えたら、隣で花梨ちゃんはセーターにスカート、上にコートという格好に着替え終えていた。

まとめていた髪をほどきながら、花梨ちゃんは「うん」と頷く。

「じゃあおいしい野菜料理の店に行こうか。創作料理がメインのおいしいところがあるよ」

「意外だね……花梨ちゃんは外食嫌いかと思ってたのに」

「ストレス溜まったら、おいしいものを食べに行くわよ、私だって。それじゃ行こうか」

ショッピングモールの最寄りの駅とは逆方向に向かい、住宅街を進む。

民家と店が交互に並ぶという変な街並みが続く中、本当に民家にしか見えない建物の扉に、花梨ちゃんは手をかけた。

「え、ここ本当に店?」

「この辺りって民家多いでしょ？　あんまり宣伝し過ぎたら近所迷惑になるし、店長ひとりで切り盛りしてて大変だから、ネットやテレビの宣伝も断ってるらしくて、本当に知る人しか知らない感じなの。看板もないでしょ」

なるほど、完全に口コミ頼みなんだ。花梨ちゃんについて店内に入ると、割烹着を着た上品な女性がカウンターの向こう側から「いらっしゃいませ」と頭を下げてくれた。

花梨ちゃんは「お久しぶりです、ふたりお願いします」と言うと、女性が「お好きな席にどうぞ」と答えてくれた。

カウンターに椅子は五つ、奥にふたり用のテーブル席がふたつ。たしかにこの店に大勢の客が来てしまったら、店内はてんてこ舞いになって回らなくなってしまう。

花梨ちゃんは「カウンター行く？」と言うので、私は頷いた。

「今日はおすすめありますか？」

「本当に寒くなってきましたから、今晩はあんかけうどんはどうですか？」

女性は湯呑みをふたつカウンターに置きながら、勧めてくれる。

その言葉に私は目をぱちくりとさせた。

あんかけはおいしいけど、片栗粉でとろみを付けないといけないし、あんかけのためだけに片栗粉を買うのもためらって、うちだとつくらない。

花梨ちゃんは「うーん、どうする？」と聞くので「うちだとつくれないから食べたい」と答えたら、花梨ちゃんはふたつ注文してくれた。

　私の自己申告に、花梨ちゃんは半眼になる。

「なる……最近料理するようになったみたいなのに、なんで家であんかけもつくれないの」

「え、だってうち、片栗粉ないし……」

「片栗粉以外でもとろみってつくれるよ？　小麦粉だってつくれるし、なんだったらかぶでだってつくれるよ？」

「え、そうなの？」

「まあ片栗粉みたいにしっかりしたもんじゃないけどねえ……小麦粉もちゃんと混ぜないとだまになるし」

　カウンターの向こう側にいる割烹着の女性は店長さんらしく、私のとんちんかんな言葉を馬鹿にすることなく、笑みをたたえて調理をはじめている。

　白菜の芯、にんじんは短冊切り、葉はざく切り、しいたけは石付きを取って薄切り。生姜は千切りにして、豚肉はひと口大に切っていく。

　てっきり味付けはあとでするかと思ったけれど、豚肉はボウルに取って先に下味を付けはじめた。見た感じ、醤油にみりん、酒みたいだ。

　ぱっと壁を見てみると、お品書きは特にない。私が花梨ちゃんを見ると、花梨ちゃんは湯呑みを傾けていた。

「ここって、メニューは特にないんだよ。イタリアンのときもあるし、フレンチのときもある。フレンチの場合は生クリームの多いこってりしたものっていうより、南フランスの家庭料理って感じかな」

「へえ……」

あの割烹着の店長さんがつくってくれるのかと思ったら、それは意外だ。

ちらっとカウンターの向こうを見たら、下味を付けた豚肉から火を通しはじめた。豚肉に火が通ったらボウルに戻し、続いて野菜を炒めはじめる。野菜がしんなりしたら豚肉を再び鍋に戻して、水と出汁を加えて煮はじめ、そこに塩で味を整えてから、水で溶いた片栗粉を回しがけして、とろみをつけていく。

うどんを軽く湯がいたら、そこにさっきつくった野菜たっぷりのあんを回し掛ける。ぷん、と漂う野菜と豚、出汁のふくよかな匂い。家庭料理なはずなのに、手が込んでいるとわかるのは、出汁の匂いのせいだと思う。

「お待たせしました、あんかけうどんです」

カウンターにことんと置いてくれたのを受け取り、箸を取ってそれをすする。

おいしい。野菜もたっぷりだし、出汁の中で生姜がピリッと味を引き締めてくれて、いくらでも食べられそう。

本当だったら、ここに一味唐辛子をかけたらもっとおいしいんだろうなと思うけど、浜坂さんから言われた「あんまりスパイスを取らないように」という注意を思い出したら、迂闊《うかつ》にカウンターの脇に置いてある唐辛子の小瓶に手を伸ばせない。

花梨ちゃんは平気な顔で、唐辛子に手を伸ばして振りかけてから食べている。

「うん、おいしい。いっつもズボラしてコンビニのカット野菜をそのまんまあんかけにしてるけど、やっぱり野菜たくさん使って煮てからのほうがおいしいわ」

「ひとりでだったら、なかなかこの量使ってつくるのは勇気いるしねえ」

「そうねえ、あんかけうどん、あんかけそば、あんかけご飯、あんかけパスタ……下を変えても味は同じだしねえ」

多分これだったら、浜坂さんも文句は言わないんじゃないかなあと私はぼんやりと思う。生姜のおかげか、指先もぽかぽかと温まってきたのを感じる。

ここの店だったら、浜坂さんと来てもいいのかなと思って、店の装飾を見回していたら、花梨ちゃんが悪い顔をして笑っているのが見えた。

「……デートで来られるといいよねえ。休みの日だったら、口コミで来たデートの客で入れないこともあるよ、この店」

「な、んでそう言うのっ。本当にそんなんじゃないから」

「はいはい。私はそんな人がいて羨ましいけどねえ」

花梨ちゃんはそう言いながら、あんかけうどんを食べる作業に戻っていく。

本当……一緒に食べられたらいいのに。そう思いながら、私もあんかけうどんを食べた。

＊＊＊

家に帰ってから、私はあの血の色を思わせる赤い名刺を引っ張り出してきて、恐る恐るメールアドレスをスマホに打ち込む。

仕事の邪魔はしない。寂しいとか打たない。私は恐々と画面をタップする。

【お疲れ様です、今日は知り合いにおいしい店を紹介されました。浜坂さんも気に入ると思いますから、今度一緒に行きましょう。】

簡素過ぎるメールなのに、私は何度も何度も読み直す。

別に彼女でもなんでもないから、アプリのメッセみたいに記号を使うのはためらわれた。でもビジネスメールほど堅くはないし、彼女みたいに気安くもない、世間話みたいな感じ……だと思う。

これなら大丈夫かな。私はドキドキしながら、送信ボタンを押す。

……自分は中学生かなにかか。メール打つだけでこんなに時間かけて。友達とのアプリのやり取りだったら気安くタップできるのに、なんでこんなに時間がかかっているんだろう。そう思いながら、立ち上がったとき。

メールがもう返ってきたことに気が付いて、慌ててメールを見た。

【お疲れ様です。体を壊してませんか？　またストレスを溜めていませんか？　自分は大丈夫なので、どうか心配しないでください。

仕事が終わったら、一緒に食事に行きましょう。】

そのメールを読んで、私はおかしくなってごろんごろんと絨毯《じゅうたん》に転がってしまった。

「……メールでだったら、方言が取れてるんだ」

意外な発見があって、もっと早くメールを送ればよかったと後悔した。

大丈夫、仕事の邪魔にならない程度にだったらメールは送れるから。あまり気安くならない、ビジネスメールにならないメールだったら、送っても平気だから。

そう自分に言い訳したら、なんだか安心できた。

＊＊＊＊

せわしないクリスマスソングから一転、クリスマス当日から一日過ぎたらショッピングモールのＢＧＭはもう正月を意識した和風の曲へと切り替わっている。

クリスマスが終わったらもうちょっと落ち着くと思っていたけれど、既に中高生は休みに入っているせいか、ショッピングモールの中もなかなか慌ただしい。

でも私の連勤も今日で終わり。

ぐったりとしながら家に帰ろうとしたとき。スマホの通知ランプが点滅していることに気付いた。何気なく手にして、私は「あっ……！」と声を上げた。

一緒に着替えていた人たちが怪訝な顔でこちらを見たので、私は「すみません！」と会釈をしてから、震える手でスマホをタップした。

来ていたのはメール。名前はちゃんと【浜坂】と登録してある。

【仕事終わりました。これで今年分の仕事は終わりました。

なるちゃんは連勤が終わりだと思いますが、明日は空いていますか？　もし用事が入っていたのなら悪いです。

【約束どおりデートしましょう。】

その文面のところどころのおかしさに、私は噴き出しそうになりながら、手早く着替えてスマホをタップする。

敬語なのに私の呼び方がなるちゃんとか、デートの誘い方の仰々しさとか。

会えなくって寂しかったのが私だけじゃなかったらいいのに。そう思いながら、私はメールを送信した。

【お久しぶりです。浜坂さんは体を壊していませんか？　缶詰状態でちゃんと食べていましたか？　明日は空いています。おいしいものを食べに行きましょう。】

元々が私の血が「まずい」上に、ズボラな食生活をさんざん叱られたところからはじまった関係なのに、今だけは逆転しているような気がする。

疲れてくたくたになり、もう家に帰ったら泥のように眠ろうとしか思っていなかったのが、少しだけしゃっきりとした。

明日着ていく服を見繕って、浜坂さんに会わない間も元気だったと伝えよう。

おかしな関係だとは思う。未だに私たちの関係ってなにかと聞かれても、答える言葉が見つからない。浜坂さんが私を献血バッグとしか思っていないなら仕方がないけど、勝手に想っているくらいなら、別に構わないと思っている。

しばらくしたら、待ち合わせの場所と時間の候補を知らせるメールが来た。それに返信してから、私は帰路についた。

明日には浜坂さんに会えると思ったら、年の瀬の冷たい風も、嫌なほどに目に付くひとりで見るイルミネーションも、つらいとも寂しいとも思わなかった。

それに……。私はちらりと小さな紙袋を見た。

クリスマスなんて終了してしまったけれど、買ったプレゼントがある。

慌ただしい連勤の中、食事休憩の合間を縫って物色したものだ。

休み時間のときにあちこちの店を見て回った。ただの好意が重荷にならないように、でも消え物でも寂しいと、さんざん悩んだ末に、浜坂さんの仕事だったら邪魔にならないだろうと選んだのは、革の手帳カバーだった。

これを渡すタイミングがあればいいんだけどと、ぽつんと思った。

あまり表に好意を出しちゃいけないというのは、少しだけつらい。

＊＊＊＊

翌日。

赤いピーコートに黒いカシミアのマフラーを合わせる。下は白いセーターに黒いロングスカート、ブーツという、無難過ぎる格好だ。

いつもの駅前は、平日だけれど人の行き来が活発だ。学生が既に休みに入っているせいだろう。

クリスマスはもう終わったというのに、モールで飾り付けられたままの木々の下で、私は震えていた。

いつものように真っ黒な格好で来るんだろうか。そわそわしながら待っていると、「なるちゃん」とこのところ聞いていなかった声を耳が拾った。

浜坂さんだ。いつも着ている黒い化繊のコートではなく、今日着ているのはシックな黒のカシミアのコートだ。ただでさえ整っている容姿なんだから、こんなシックな格好をされてしまったら、自分が不釣り合いに見えそうで、思わず尻込みしていたら、浜坂さんのほうから大股で寄ってきた。

この人、本当に缶詰明けなんだよなあと、まじまじと見てしまう。

黒い髪は艶々したままで、傷んだ箇所が見当たらない。肌も冬場だというのに血色がいいし、瞳は相変わらず石榴色だけれど、白目は充血ひとつない。

この人、仕事はきっちりこなすけど、自分の健康管理も怠らないいんだなとついつい感心してしまう。私の脳内を知ってか知らずか、浜坂さんは優しく声をかけてくる。

「久しぶり。元気しとったか？」

「あ、はい……ようやく連勤が終わったので、ちょっと肩の荷が下りたところです」

「でもなるちゃん。またストレス溜めとったやろ？　口の端」

浜坂さんに指摘されて、私はギクリとする。

口の端が腫《は》れてしまっているのだ。繁忙期の終わりのほうだと、夜に薬を塗ってもなかなか治らず、どうにか予約を入れて診てもらった皮膚科で「ヘルペスですね」と言われた。ストレスや疲労で免疫力が落ちると、こういう風な形で出てきてしまうことがあるとは、お医者さんの話だ。最初に発症したときは嫌な思いをしていたけれど、仕事なんだから繁忙期なんだからと、今は諦めてしまっている。

それに浜坂さんは困ったように目尻を下げる。

「すまんなあ、あんまり連絡よこさんと」

「いえ、メールくれたじゃないですか。充分ですよ」

「ちゃんと食べとった？　またズボラしてへん？　冬場で雑なことしたら、体調にほんまに関わるからな？」

「前よりもきっちりしてますよー。久々に会ったのにお母さんですか」

「えー。俺、なるちゃんの親になった覚えはないで？」

いつものように軽口を延々と続けながら、浜坂さんはちらっと駅前の時計塔を見る。

「まあ、こんなところで立ち話もなんやし、歩こうか。前になるちゃんの言うてた店っていうの、行ってみたいしなあ」

「はい。電話で店の都合を問い合わせたんで、お昼に着けば大丈夫ですよ」

「なんや、ずいぶん気に入ったんやねえ。妬《や》けるわ」

そうからかい気味に言われて、私は思わず笑顔をつくった。

浜坂さんが言っていることが、冗談なのか本気なのかがよくわからなかったせいだ。思えば、いつも駅前から一緒にうちまで帰るのがデフォルトだったから、一緒に電車に乗るのも遠出するのもこれが初めてだったと、今更思う。

乗るのは各駅停車だったから、駅前の混雑をよそにそこまで混んでいない。ふたり並んでゆったりと電車の手すりに掴まりながら、目的の駅に向かった。

前に花梨ちゃんに教えてもらった道を、浜坂さんと進んでいく。住宅街を進む路地で車道側を歩いてくれる浜坂さんが頼もしくて、そのまま歩いていくと、民家に溶け込んでいる店に辿り着いた。

浜坂さんは面白そうに目を細める。

「ほう……ほんまに人ん家みたいやなあ」

「私も初めて来たとき、びっくりしちゃいました。入りましょう」

そろっと扉を開けてみたら、年の瀬のせいか、普段だったらランチに来てそうな主婦層もおらず、前に見かけた店長さんが「いらっしゃいませ、席はお好きなところにどうぞ」と笑顔で会釈してくれた。

浜坂さんにどこの席がいいかと尋ねると、「カウンターで料理見たいなあ」と言うので、ふたりでカウンターに座る。

「ほな、なに食べよっか。店長さんに聞けばええのん？」

「あ……、温かいものを食べたいんですけど、今日ってなにがありますか？　鍋っぽいものがいいんですけど」

私が店長さんに尋ねてみると、店長さんが上品な雰囲気で答えてくれた。

「今日のお勧めは柳川風の鍋ですが。うなぎと牛肉とどちらがよろしいですか？」

「えっ、うなぎ……ですか？」

思わず浜坂さんを見ると、浜坂さんは興味深そうに「へえ……」と笑った。

「ほな、うなぎで」

「かしこまりました。お連れさんはどうしますか？」

「ええっと……じゃあ、私も」

「少々お待ちください」

そう言いながら、店長さんが調理に取り掛かる背中を見ながら、私は目を白黒させて浜坂さんを見る。浜坂さんはのほほんと笑っていた。

「うなぎの旬は、ほんまは冬やで？　元々土用の丑《うし》の日は、『う』の付く料理を食べたら体にええって言われとってん。この時期になったらうなぎが売れんから、土用の丑の日にかこつけて売っとったら、気付いたらうなぎは夏に食べるもんってなっただけやねえ」

「あ、そうなんですね……知りませんでした」

そもそもうなぎなんて、外で食べようと思いつかない限りまず食べないから、旬のことなんて完全に頭から消えていた。

でもうなぎって、スタミナを付けるために食べるイメージがあって、そもそも血がどろどろしている人間が食べていいようなイメージが、失礼ながらない。

そこんところはどうなんだろうと思って、私がまじまじと浜坂さんを見ると、浜坂さんはのんびりと言う。

「うなぎは体にええで？　まあ、元々食べるもんって、よっぽど偏ってなかったらなに食べてもええんやけど。なるちゃんはズボラが過ぎて栄養が偏ってるのをやめえって言うてるだけで」

「うっ……今はそこまで偏ってませんしっ！」

「せやねえ。まあ、夏に食べるもんってイメージが付いてるせいで、スタミナ食って言われがちやけどなあ……うなぎは元々疲労回復に効くから夏も食べえって言われてるだけやし、カロリーかて肉よりもよっぽど低いねんで」

「え？　うなぎって、そんなに疲労に効くんですか？」

「最近はうなぎそのものの値段が高なってるから、外食やなかったらまず手ぇ出そうとは思わんけどなあ。疲労回復に効くのはビタミンなんやけど、うなぎは魚類の中でも突出しとるよ。ただうなぎだけやったら、どうしてもビタミンCや食物繊維は摂られへん。せやからうなぎはほんまやったら、うな重よりも鍋とかにして野菜と合わせて食べたほうがええねえ」

「なるほど……そうだったんですねえ」

うなぎを夏に食べろって言うのは宣伝戦略がきっかけだったけど、ちゃんと理には適っていたのかと、私は納得する。浜坂さんはカウンターのほうに視線を向けながら、のんびりと言う。

「元々ビタミン群は摂り過ぎても体に毒やけど、全く摂らんのも問題や。特にビタミンC。あれは体に溜め込むことがでけへんから、定期的にサプリなり野菜なりで摂ったほうがええって話やね」

私は浜坂さんの解説を聞きながら店長さんの調理する様を眺める。うなぎは既にかば焼きにしておいたものを使うらしい。そしてうなぎと一緒に調理する野菜だけど、使うのはゴボウに長ネギみたい。

ゴボウはささがきにして水に入れてアク抜きをする。長ネギも斜め切りにして水にさらす。それでからみは消えるはず。

わかっていても、自分でやるとなったら億劫になってしまう作業を、店長さんは丁寧にしていく。

それにしても、浜坂さんは本当に食べることに詳しい。思えば私の血がまずい理由も味見しているとはいえど特定するし、食生活の矯正までする人だからなあ。この人の書いているものは、ルポルタージュみたいで、どうも料理や栄養のことが関わるとは思えないんだけど。

聞いてみていいのかな。私はちらっと浜坂さんの横顔を見る。

浜坂さんの石榴色の目は、真剣な顔で店長さんの作業を見ていた。

流れるような作業は惚れ惚れするし、出汁がコトコト音を立てて温められる様は、お腹を刺激してくれる。

……今聞いちゃったら、野暮な気がする。私は聞くのを諦めて、店長さんの作業を見るのに戻る。

出汁で煮られたゴボウにネギ、その上に載せられたうなぎは卵でとじられ、最後に上に三つ葉が載せられた。

店長さんがカウンターに土鍋をふたつ並べてくれる。

「お待たせしました、柳川風鍋ふたつになります」

「あ、おいしそう……いただきます！」

「ありがとう」

ふたりで箸を付ける。

卵でとじられたうなぎはほっくりとしているし、出汁にゴボウの旨味《うまみ》とネギの甘さが混ざって本当においしい。

体にいいのかどうかはわからないけれど、ただ目を細めて「おいしい」と声を上げてしまうものだった。

浜坂さんはというと、こちらも目を細めて「美味いなあ」ともりもり食べている。

店長さんに、にこにこと見守られながら、食べている間ひと言もしゃべらなかったんだから、私たちも現金なものだ。

お腹がいっぱいになったら心も満たされ、冬の寒さで縮こまった体も温まる。手を合わせて「ごちそうさまでした」とお礼を言うと、浜坂さんにお礼を言われた。

「ありがとうな。ええ店に連れてきてくれて」

「えっと……知り合いに教えてもらっただけですよ」

「ここらは美味い店多いけど、なかなか開拓が進まんかったからええんよ」

そう言われると妙にくすぐったかった。

いつだってこの人からはもらってばっかりだったから、初めてなにかをしてあげられたと手ごたえを感じたからだ。

＊＊＊＊

食事が終わったあと、ふたりで繁華街を歩く。そういえばゆったりとウィンドウショッピングをするのも久しぶりだった。

「最近、服とかも見てる暇がなくって……せめて福袋くらい買いに行く余裕があるといいんですが」

「あー、三が日は全部仕事で埋まってもうたんやっけ？」

「休みを取るのが下手ですよねえ……そうなんです」

「まあ福袋みたいにうまくいくかはわからんけど、欲しいもんがあったら、ひとつくらいやったら、おごったってもええよ？」

その言葉に、私は驚いて浜坂さんを見る。浜坂さんは小首を傾《かし》げて「どないしたん？」と言う。

……一応デートなんだけれど、デートらしい雰囲気にはちっともなっていなかった。

その中でそんなことを言われてしまったら、意識してしまうのに。

私は悶々《もんもん》とするのを必死で首を振って払い、笑顔を向ける。

「そんなこと言っちゃ駄目ですよ、別に付き合ってもないんですから」

自分で言っていて切なくなってくるけど、この状況で言うのはおかしいから。私は必死でそう言い繕うと、浜坂さんはじっとこちらを見たあと、目を細めた。

「せやなあ……」

そう噛みしめるように言うので、反応に困る。え、そんな顔されたら、まるで私が悪いみたいじゃない。私は慌てて言い募る。

「い、いや。強引に血を吸われてますけど、私が誰とも付き合ってないからいいようなもんで、私が誰かと付き合ってたり、浜坂さんが誰かと付き合ってたら、互いの相手に失礼じゃ、ないですか……ほら、血を吸われてますし」

支離滅裂だけれど、捕食者と捕食対象の関係に、どう名前を付ければいいのかは、未だにわからない。そもそも名前を付けるような関係でもないような気がするし。

あ……。そこまで言って気が付いた。浜坂さんはしばらく缶詰だったのに、血を吸わなくっていいんだろうか。たしかにストレスは溜まっていたけど、今はそれなりに元気だし、特に貧血でもない。

「あ、そうだ。浜坂さん、ずいぶんと血を吸ってないですけど、大丈夫ですか？　あの、吸いますか？」

我ながらどんなアピールの仕方だとも思ったけれど、仕方がない。浜坂さんは私がマフラーをほどこうとする手を掴んで制止すると、「はあ……」と長く息を吐く。

「あかんで、なるちゃん。なんでそんなん言うん」

「え？　でも、私……」

「……血は吸いたいで。そら吸いたくて吸いたくてたまらんけど、まだ吸わんでも大丈夫やし、もうちょっとムードを気にしいや。ムードで味が全然変わるんやから」

「そうなんですか……？」

「自分、摩天楼が見えるバーでアホみたいな猥談《わいだん》されたり、飲み屋で馬鹿騒ぎ聞こえるような場所でプロポーズされたり、そんなんされたら嫌やろ？　ムード、て必要なもんや」

「はあ……」

わかったような、わからないような。

でも浜坂さんが困惑しているのを見ていたら、自分がしようとしたことはずいぶんと無神経なことだったらしい。それは、反省したほうがいいんだろうな、多分。

私はそう納得してから、「すみません」と頭を下げて、ふたりで移動する。

どうせ、今日を過ぎたらまた忙しくなってしまうし、会える時間が少なくなる。せめて、形になるものがあったらいいのになとぼんやりと思った。

なにだったら浜坂さんに「ください」と言えるだろう。

何軒かの店を通り過ぎてから、ふとアクセサリーショップがあることに気付く。そこはふたり連れの客が多く、店員さんとなにやら話しながら買っているのが目に留まる。買っているのはペンダントにネックレスに……指輪。

……重い。さすがにどういう関係なのかわからない人に買ってもらうには、荷が重過ぎる。さすがにやめよう。うん。

私はアクセサリーショップから足早に立ち去ろうとしたとき、「なあ、なるちゃん」と声をかけられて、思わず足を止める。

「はい？」

「なんなん、あれが欲しいん？」

「はいぃー？」

だから、なにを言ってるの、この人は。私は顔に熱を持たせて、ちらっとウィンドウ越しに店内を見る。

ピンクゴールドの指輪に、ハート型のペンダントトップ。緩やかなチェーンのネックレス……。

さすがにひとつだけプレゼントで買ってって、こんなの付き合ってもいない人に頼んでいいものじゃない。

　私が固まっているのに、浜坂さんは「ふむ」と形のいい顎を撫でてから、私の腰をくいっと引き寄せた。って、なに。

「ほな、どれがええのん？」

「な、いいですよ……！　さすがに高いですしっ⁉」

「そこまで嫌がらんでもええやろう？　厄除《やくよ》けに買うても罰は当たらんやろ」

「厄除けって……誰のですか？」

「もう変な吸血鬼に絡まれんようにな。せやったらシルバーがええか」

　そのひと言が、ちくりと胸を刺した。

　この人、もしかしなくっても……。私との関係を清算しようとしている？

　いや、それも変か。私のことを襲ったけど、そのあとは本当になにもなかった。せいぜい血を吸われるくらいで……。

　この人は、今の私たちの関係があまりにも健全でないことに、せめて私にいい思い出だけを引き渡して、そのまま立ち去ろうとしているんじゃ。

　なんなんだ。それって、ものすっごく勝手じゃない。私の心の中に土足で上がり込んできたと思ったら、綺麗なもの楽しいもの素敵なものを渡すだけ渡して、渡した本人が立ち去るなんて……。

そんなの。そんなのって……。

そこまで思ったら、私は浜坂さんが回した腕を、ぎゅっと掴んでいた。浜坂さんが私を見下ろす。

「なるちゃん？」

「プレゼントは……もうちょっとだけ考えさせてください。本当に、いいですから」

もしこのまま立ち去るんだったら……私は浜坂さんを許せない。だから、不健全だとしても、今の時間を延長することを選んだ。

それにしばらく浜坂さんは石榴色の瞳でこちらをじっと見てきてから、私の腰に回した手を下ろした。代わりに、私の手を包んでくる。

「せやなあ。時間はまだあるし。なら、他の店に行こうか？」

「あ、はい……！」

ふたりの時間の延長をしても、どこまで延ばせるのかがわからない。ただ手袋越しであっても、この大きな手の人のことを忘れられる自信が、私にはない。

＊＊＊

そのあと寄った本屋で栄養学の本……できるだけめくりやすい薄いものを一冊買っ

た。浜坂さんは仕事用らしく、薄い類語辞典を一冊買い、そのあと、文房具屋を巡る。浜坂さんが万年筆を気にしているのを見て、この人へのプレゼントは万年筆でもよかったなと今更思う。

しばらく歩いていたら、小腹も減ってきたけれど、どうしたものか。そう思っていたら、浜坂さんが「おっ」と足を止めた。

「喫茶店入る？　そろそろ小腹も減ってきたし」

「え？　前もさつまいもだったら食べさせてくれましたけど……甘いものを外食で食べてもいいんですねえ？」

「そら、毎度やったら反対するけどなあ。ただなるちゃんはストレス溜めやすいから、ガス抜きせんかったら体に悪いからなあ」

そう言いながら、足を向けてくれた。ほとんど女性客だらけな中でも、平気で入っていく浜坂さんが頼もしい。幸いちょうど入れ違いにひと組お客さんが帰っていったから、待ち時間が三分ほどで済んだ。

店員さんが和やかな雰囲気で「こちらの席どうぞ」と案内してくれた席に座る。

メニューをまじまじと見て、最近はアレルギー対策や外国のお客さんも増えてきたせいなのか、原材料を全部書いていることに驚いていたら、ひとつ不思議なものを見つける。

「このパンケーキ、バナナと卵とメープルシロップしか使ってないですけど……」

目を留めたのは、最近流行《はや》りのふかふかした分厚いパンケーキではなく、薄いものが何枚か重なった、オーソドックスなパンケーキ。それがバナナと卵だけでできているとはなかなか信じられなかった。

浜坂さんはそれを見て「あー……」と頷く。

「なるちゃん知らん？　グルテンフリーダイエットしてる人やったら知ってるみたいやけどねえ、バナナ潰して卵と混ぜただけのパンケーキってのがあるんや」

「それって、おいしいんですか……？」

思わず声を落として、浜坂さんに聞く。ちょうど隣に「お待たせしました、バナナパンケーキです」と、発見したメニューが運ばれていくのが見える。

それをおいしそうに食べている人をちらちらと見てると、浜坂さんは笑う。

「そんなに気になるんやったら、頼んでみぃや。綺麗につくるのは手間かかるけど、ただつくるだけやったらそこまで難しないから、つくったってもええけど」

「えっと……じゃあ頼んでみて、好みだったら」

私はバナナパンケーキにミルクティーを頼むと、浜坂さんはトマトジュースを頼むので、思わず噴き出しそうになった。

他には米粉を使ったメニューが充実していて、こちらもおいしそうだ。アイスクリームはライスミルクでつくっているから、こちらも罪悪感なく食べられそうな印象。
「いろんなものがありますねえ」
「せやねえ。ただ食べへんいうんやったら味気ないから、代わりにこんなん出せます
こんなんつくれますって提案することで、食べる罪悪感を減らしとるんやろうね」
「食べるときにそこまで考えたことありませんでしたよ」
「自分中心に考えたらそんなもんやろ」
そんな話をしている間に、店員さんがやってきた。
「お待たせしました。バナナパンケーキがひとつ、ミルクティー、トマトジュースに
なります」
「ありがとう」
「ありがとうございます」
店員さんが並べてくれたプレートの上に、メープルシロップが添えられたバナナパ
ンケーキが載っている。一見すると普通の薄いパンケーキみたいで、匂いを嗅いでも
よくわからない。
メープルシロップを回し掛けして、恐る恐るナイフを入れると、それをフォークで
口に入れた。
……おいしい。バナナだけで充分甘いし、なんでこんなに薄いパンケーキになって

いるんだろうと素朴な疑問は湧くけど。おいしい。

「美味かった？」

「……おいしいです。不思議ですねえ、バナナ潰して卵混ぜたらパンケーキになるなんて」

「せやねえ」

「あ、ひと口どうですか？　トマトジュースだけだとなんですし」

私がひと口大に切ったパンケーキをフォークに刺して浜坂さんに差し出すと、浜坂さんが珍しく目をあちこちへと移した。

あれ、そう思っていて気が付いた。フォークはひとつしかないし、それを差し出しているわけだから、これ間接キスか。

私は馬鹿か。そう思ったけれど、引っ込めてしまうのもおかしな気がして「どうぞ」と繰り返すしかできなかった。

浜坂さんはしばらくパンケーキとフォークを見ていたけれど、観念したように口を開いて、それを咀嚼した。

「……ん、美味いなあ」

「そ、そうですよね！　あ、私。浜坂さんにプレゼントがあったんですよ！　いつもお世話になってますから！」

気恥ずかしさから逃げるようにして、鞄を漁り、ようやく紙袋に入ったプレゼントを差し出すことができた。

それを見て、浜坂さんはまたきょとんとした顔をする。

「なんや、なるちゃん。デートやからって、今日はいくらなんでも張り切りすぎやろ」

「どうしてそう、からかうんですかあ。ただ、本当に久しぶりに会ったから……」

私が口をごにょごにょさせると、浜坂さんは笑いながらそれを受け取ってくれた。紙袋の中の包装紙を見る。

「好きな文具メーカーのやつやわ。俺、趣味の話なんて一個もしてへんのにようわかったなあ」

「そうだったんですか……よかったです」

単純に、もらった名刺の紙がずいぶんと手触りがよかったから、もしかしたら文房具にこだわりがある人なのかもしれないと思っただけだったんだけれど。それで手帳カバーというのは安直かもと思っていたけど、かえってよかったのかもしれない。

私が隣にいてもいなくっても、手帳カバーを傍に置いてもらえるなら、それでいいや。私は笑った。

「ありがとうな。でもほんま、今日はなるちゃんにもらってばっかかやわあ」

「そ、んなこと。ないですよ。本当に。いつもいつも、私がもらってばかりですから」

私はこの人に血以外あげられてなかったから、これでよかったんだ。

これで来週からの忙殺されそうなスケジュールとも、戦える、と。

＊＊＊＊

喫茶店から出たら、そろそろ空が赤みを帯びてきていた。もうすぐ帰らないといけないと思うと切ないけど、「まだ帰りたくない」と言える関係でもないから、このまま駅まで向かおうと思っていたとき。

浜坂さんが、私の腰にくいっと腕を回してきた。

「……浜坂さん？」

「……あー、トマトジュースで誤魔化してたけど、そろそろ限界やわ」

もしかしなくっても、血が吸いたいんだろうか。うちの近所で夜だったら人気なんてほとんどないから問題ないけど、ここは繁華街な上に、まだ日が落ちてない……こんなところで吸血されたら、ふたりとも不審者扱いされてしまう。やばいやばいやばい。

私は「ちょ、ちょっと路地に行きましょう？　路地まで大丈夫ですか？」と慌てて浜坂さんの腰に手を回し返す。

一歩路地裏に入れば、さっきまで耳にしていた喧騒《けんそう》がひどく遠く感じる。

私は慌ててマフラーをほどくと、コートをずらしてうなじを見せる。

外気の冷たさでぶるりと震えていたら、浜坂さんが背後から私のうなじに歯を当ててきた。

噛まれて、痺れるような痛みが走り、血のにおいが漂ったのも一瞬。噛まれた痕にざらりとした舌の感触が一瞬したあと、「もうええよ」と浜坂さんの低い声が聞こえた。

「あの……もう大丈夫ですか？」

「ありがとうな」

血の味はどうでしたか？

そう聞いてもいいんだろうかと思って眺めていたら、浜坂さんは私の頭を子供を撫でるみたいに掻き回してきた。

「なんや、やればできるやん。血、だいぶマシになっとった」

「マシ……ですかあ、おいしくはないんですねえ」

「前がまずすぎたんやわ」

ぴしゃりと言われて、思わずしゅんとなる。

でも、私の健康状態も、ストレスに苛《さいな》まれている状況から考えれば、大分改善されたということだろう。それにほっとしながらマフラーを巻き直したら、浜坂さんがすっと目を細めた。

「ほんま、ありがとうな。なるちゃん」

「……いいえ」

この人、本当にしょうがないなあ。私はそう思ってしまう。この人、今の関係にちっとも名前を付けてくれないけど、本当に優しいんだからどうしようもない。

私はまだなにかを言おうかと言いあぐねている間に。

ドンッという音が響いた。思わずぎょっとしたのは、浜坂さんの背中に思いっきり鞄が叩き付けられたからだ。

目を吊り上げているのは、真っ黒な髪をハーフアップにして、白いコートを羽織った、ごくごく控えめな雰囲気の人。浜坂さんに鞄をぶつけてきたその人は、彼を真っすぐ見て声を上げた。

「真夜！　やっと見つけた……！」

……誰？　一瞬そう思ったけれど、すぐにその疑問は飲み込んでしまった。その人の声は震えていて、彼女の目尻には涙が溜まっていたからだ。

この人……浜坂さんのことを、よく知っている人だ。

彼女を見た浜坂さんは一瞬呆《ほう》けた顔をしたものの、すぐに口を開いた。

「……冴子《さえこ》」

「本当に、なんでこんなところにいるの！　その子とこんな路地裏で……っ！」

とうとうその人は、潤んでいた目からポタポタと涙をこぼしはじめた。

これって、どう考えても、私が悪者じゃない。私はうろたえて浜坂さんを見るものの、浜坂さんがその人を見る目は険しい。

「堪忍な、なるちゃん」

「えっと……その方はいったい？」

「……付き合っとったんよ」

あ。一瞬頭を殴られたような感覚に陥るけど、普通にありえる話だった。

浜坂さんはすごい顔が整っている人なんだから、普通は誰もこの人を放っておかない。彼女のひとりやふたり、いてもおかしくないんだ。

冴子と呼ばれた女性が泣き出してしまったのを見ながら、私はただ、浜坂さんに頭を下げて「今日は、楽しかったです」とだけ言い残して、その場を後にするしかできなかった。

＊＊＊＊

自宅に帰ったあと、私は洗面所で化粧を落としながら、鏡を眺めていた。なんとも言えない自分の表情が映っている。垂れ下がった目尻からは今にも涙が落ちそうで、気のせいか鼻の奥もツンとしている。

浜坂さんと付き合っていたという冴子さんという人。あの人はずっと浜坂さんを捜していたみたいだった。

浜坂さんはどうしてあの人から離れていったんだろう。

「……吸血鬼だから？」

その言葉がぽつんと出る。

浜坂さんは鏡に映らないし、写真にも写らない。一度会わないと決めてしまったら、痕跡なんてすぐに消せてしまうから、簡単に音信不通になれてしまう。

浜坂さんとの出会いが出会いだったから、私は最初からあの人のことを吸血鬼だと知っているけど、あの人も真っ昼間に出会った人にいきなり噛みつく真似はしないだろう。そんなことしてしまったら、不審者だとして逮捕されてしまう。

冴子さんは？　冴子さんはそもそも浜坂さんのことを吸血鬼だと知っているのかな。私が浜坂さんに血をあげている現場を見て、なんか誤解していたみたいだった。

浜坂さんは冴子さんとお付き合いしている中で、彼女に吸血鬼だと告白したことはあったんだろうか。もし自分の好きな人が実は人間じゃないと言われても、普通は困惑するか信じないかだし、実際にそうなんだと知っても、きっと理解に苦しむはず。

……浜坂さんは、冴子さんに自分が吸血鬼だと言わないで、吸血衝動で彼女を襲うのを怖がって離れたんだとしたら？

そこまで考えて、私は溜息をついた。

これは全部私の妄想、思い込みだ。推理にしては当てずっぽうだし乱暴すぎる。

あれだけ楽しかったはずの気分がすっかりと萎《しぼ》んでしまい、もう横になって泥のように眠りたかったけれど、明日からまた連勤だ。なにか食べないと、明日働けない。

私はのろのろと冷蔵庫を開けて、作り置きのおかずとご飯という、投げやりにも程がある食事を済ませた。

ズボラが過ぎる私が必死で体を引きずって食事の準備をしたんだから、まずは自分を褒めようと、そう思った。

＊＊＊＊

もうすぐ年越しのせいか、今日も電話が多い。

うちのショッピングモールの休みに対する問い合わせだとか、福袋を買う際の待ち列に関する問い合わせだとか、正月のキャンペーンに対する問い合わせとかが増えていく。

電話でお客様の問い合わせを店舗に中継していく作業をしつつ、ひとつ作業を終えるごとに溜息をつくものだから、さすがに花梨ちゃんに心配された。

「どうしたの？　休み明けにすっごい顔色悪いんだけど」

「うーん、ごめん。ちょっと休み挟んだせいか調子が悪くって……」

「いや、その考え方は危険だからね？　典型的なワーカーホリックの考え方だからね？」

花梨ちゃんにそう怒られながらも、どうにか休憩時間までやり過ごし、午後からの子たちと交代して、休憩室へと向かう。

休憩室で買ってきたパンを頬張る私を目ざとく見つけて、花梨ちゃんが口を開く。

「本当にどうしたの。最近ずっとちゃんとしたもの持ってきてたのに、また菓子パンって。ライターさんとなにかあったの？」

この忙しい中でも、時間のやりくりをして花梨ちゃんはきっちりとしたお弁当をつくってきている。おまけにポットを持ってきて温かいコンソメスープまで完備だ。

「いや、なにもないよ？　本当に。私がただ知りたいことを聞けないだけで」

「なに？　元カノが乱入してきて修羅場とかになったの？」

どうして知ってるの。

そう一瞬思ったけれど、花梨ちゃんのことだから知っていた知らなかったとかじゃなくって、単純に私が落ち込む理由を当てずっぽうで言ってみただけだろう。

浜坂さんが吸血鬼だということを言わずに、どう説明すれば納得してもらえるんだろう。私はさんざん考えながら、ぽつんと言った。

「元カノさんが知らなくって、私が知ってることがあるっていうのは、それは私が都合のいい女扱いされてるからなのかなあ……」

「はあ？　なに？　都合のいいセフレ扱いでもされてたの？　そうだとしたら、そのライターさんとは四の五の言わずに連絡断ったほうがいいと思うんだけど」

私はペットボトルのお茶をブッと噴き出し、咳《せ》き込んだ。

違う、そうじゃない。そもそも付き合ってもいない。

「ち、違うよ？　セフレでもなんでもないから……」

まさか献血バッグ扱いされている現状なんて言えないけど、浜坂さんの名誉のためにそこは必死で否定しておこう。「セフレ」とか言って大丈夫なのかと周りを見回しながら、声を潜めてそう訴える。

でも花梨ちゃんはじっとりとした半眼のままだ。

「でも、そのライターさんが元カノに気を遣って言ってないことが原因で、あんたが傷付いているんでしょう？　元カノにはできなかったことを今カノにしていい道理ってひとつもないと思うんだけど」

「ち、違うよ……！　体質的なトラブルを私のほうが知ってるから、その面倒を見ているだけで。それを元カノさんが大きく誤解しているというか……！」

こ、ここまでだったら言っても大丈夫か。

私はそう思いながら首をぶんぶん振って訴えると、花梨ちゃんは半眼のまま「うーん」と唸ってからコンソメスープをすする。

「要はライターさんのトラブルの面倒見ていたのを、誤解されているのに傷付いているって話？　でもさあ、元カノさんにそれを言う必要ってどこにあるの？　だってライターさんと今付き合っているのは、なるでしょ？」

「付き合ってもいないよ」

「えー……ずっとその人のことばかり言っているのに、それで付き合ってなかったの？　ライターさんの世話をなるがしているのに？　それって変じゃない？」

花梨ちゃん……なんでもかんでも恋愛の方向に持っていくのやめて。

そうは思っても他に話ができる人もいないわけだから、花梨ちゃんに聞いてもらうしかないんだけど。

私が口の中でごにょごにょ言っている間に、花梨ちゃんはまたコンソメスープをすすってから口を開く。

「付き合ってる付き合ってないはさておいて。あんたはそのライターさんのことをどうしたいの？　元カノのところに戻って欲しいの？　それとも行って欲しくないの？」

そう言われて、はっとする。

冴子さんのことが気掛かりじゃない訳ではないけれど、根本的な話として、浜坂さんはいったいどうしたいんだろうと思ったんだ。

私が冴子さんの存在でもにょもにょしているのは、浜坂さんは私のことをどう思っているのかわからないからだ。

冴子さんは多分、浜坂さんが吸血していることも、そもそも吸血鬼だということも知らない。私は浜坂さんにとって、本当にただの献血バッグ扱いなのか、それ以外の感情がちょっとは含まれているのか、わからないから困惑しているんだ。

「……あの人、私のことをどう思っているんだろう。都合のいい女扱いだったら、それまでなんだけど」

「はあ……まずはそこからなんだ？　厄介な人を好きになったもんだねえ」

花梨ちゃんは溜息をつきながら、休憩室の備え付けの紙コップをひとつ取ると、コンソメスープを注いで私の前に置いてくれる。

「落ち込むかもしれないけど、仕事は待ってくれないから。恋愛が面倒臭いって思ったら仕事に逃げればいいよ。私としては、そんな面倒臭い人から逃げたほうがいいと思うけど、恋愛って理屈でできたら苦労しないもんねえ」

「花梨ちゃん……ごめん」

「そこは、ありがとうと言ってくれたほうがいいんだけど？」

彼女の綺麗なウインクに笑いながら、私はありがたくコンソメスープのご相伴にあずかった。

頭がぐるぐるしてうまく吐き出せなくなっていた感情が、温かいものを口にしたおかげで、少しは落ち着いたような気がする。

仕事が終わったら、浜坂さんに聞いてみよう。そう決心して、休憩時間は終了した。

＊＊＊＊

仕事が終わり、更衣室でスマホの確認をしたところで、メールが一件来ていることに気付いた。

浜坂さんだ。

【今日は急な仕事が入ったので、行けなくなりました。待っていないでください。】

その言葉で、折角花梨ちゃんの励ましで立ち直りかけていた気分が萎みそうになる。

私は震える手で必死にタップし、【わかりました。】と送信してから、スマホを鞄の奥に埋める。

それを見ていた花梨ちゃんは厳しい表情をする。

「ライターさんから別れ話？」

「……ううん、急用で今日は会えないって」

「まあ、年末だもんねえ」

年末になったら忙しくなるのは、どこの業界も当たり前だ。本当のことかもしれないけれど、昨日の今日だったせいで、余計に気持ちがうまくまとまらないでいる。

私がグルグルしているのに、花梨ちゃんが溜息をついた。

「どうする？　今日もどっかに景気づけに食べに行く？　まあ、年末だからどこの店も予約なしでは厳しいかもしれないけど」

「……ううん、今日は帰る」

「あっそ。あ。私から重要なアドバイス。前に助けてもらったお礼も兼ねて」

花梨ちゃんから指をぴんと差されて、私は彼女を見る。

「本当にしんどいときこそ、ちゃんと食べなさい。あと運動。寒くて面倒臭いかもしれないけど、ちゃんと運動して三食食べてちゃんと寝たら、だいたいのことは大したことないから」

「……うん」

それは生理痛とストレスで苦しんでいた花梨ちゃんならではの言葉だ。

私はそう思い、ふたりでレシピを検索してから、帰ることにした。

そろそろ年末のせいで、三が日は休みと貼り出されているのを気にしながら、私は野菜の買い込みを済ませる。

今日は寒いしひとり鍋にでもしようかと思ったけど、あまりたくさん食べられる自信がないから、リゾットをつくろう。リゾットに合うようトマトを買い、ピザ用チーズを手に取る。他に長ネギときのこを買っても、使い切れるだろうと思う。

買った荷物の入ったレジ袋が、いつもよりも指に食い込む。

疲れているせいか筋力足りなくなったのかな。一瞬そう思ったけれど、そもそも私、浜坂さんに会うまで、レジ袋が指に食い込むほど買い物をしていなかった。それに重いものはずっと浜坂さんが持ってくれていたからだと気が付いた。

駄目だなあ。あの人だってあの人の生活があるし、事情があるのに。私はそう思いながら、のろのろと家まで帰りついた。

いい加減なものしかつくっていなかった人間が、少しずつ料理するようになって、いろんなものを食べるようになった。そのことは私基準では十分すごいことだ。

簡単なものでもつくってみればいい、無理だと思うものはコンビニの出来合いのものや缶詰を使えばいい。そう教えてくれたのは浜坂さんだった。

スマホでレシピを確認してから、台所に立った。

炊飯器のご飯はちょうどひとり分。それをザルに入れ、水で洗う。水気を切ったご飯をフライパンに入れ、粉末ブイヨンを溶いたお湯を注いでぐつぐつするまで煮る。トマトは賽の目切りにして、フライパンに加え、その上にチーズを加えて、チーズがとろけるまで火にかける。

最後にそこに黒コショウをかける。

私はお皿に出来上がったチーズリゾットを入れて、スプーンですくう。

トマトは煮ても栄養が壊れにくいし、ストレスが溜まったときは乳製品を摂るといいらしい。私は食べながら「おいしい」と言いつつ、浜坂さんのことを考える。

あの人はちゃんと生活できているだろうか。私の血を吸ったから、もう大丈夫なんだろうか……それとも。

また新しい人の血を吸っているんだろうか。

「私はあなたのなに」と聞ける勇気が持てないでいた。

＊＊＊＊

悲しくっても、落ち込んでいても、仕事は待ってくれる訳はなく。

その日も正月のＢＧＭを耳にしながら、電話の中継ぎに追われていた。もういくつ寝れば正月だから、福袋の予約や抽選会に関する問い合わせが増えているのだ。

「ごめん、洲本さん。悪いけど、今から休憩に入ってくれない？」

上司に唐突に言い渡されたのは、まだ十二時にもなってない頃だった。仕方なく私は、財布を持って出かけることにした。

今日は温かいものを食べて英気を養おう。そう思って十一時から開くフードコートに入った。さすがにまだ十一時台だと客はまばらだけれど、お昼になったらたちまち混雑してしまうだろう。

私はカウンターになっている席を取り、うどん屋ですだちうどんを頼んで食べることにした。出汁は関西風なのか薄口で、すだちの香りが強い。悪くないなと思ってすすっていたところで、隣から声をかけられた。

「すみません。隣の席大丈夫ですか？」

「はい、どうぞー……あれ？」

そのとき私は目を瞬かせてしまった。

隣の席に、たぬき蕎麦《そば》をお盆に載せてきた人は、近くの総合商社の制服を着ている。多分休み時間にここに食べに来たんだろう。

それにしても、その顔は見覚えがあった。

「あれ……この間、真夜と一緒にいた……」

彼女も、私の顔を覚えていたらしく、一瞬キョトンとしたあと、だんだんと慌てはじめる。

「あ、はい。洲本鳴海です！　えぇっと……冴子さん……でしたよね？」

「こ、この間は申し訳ございませんでした！　本当に、取り乱してしまって……！」

彼女はたぬき蕎麦に髪が垂れそうなくらいに頭を下げて謝るので、私は慌てて止める。

「や、やめてくださいよ……！　お蕎麦！　お蕎麦に髪が入ってしまいますから！」

「す、すみません……！」

ひとまず落ち着かせて、彼女の席の椅子を引いてあげた。

特定の相手とデートしていた女と、特定の相手に鞄をぶつけていた女が一緒に麺類をすすっている図というのは、なかなかシュールだった。

「あ、あのう……こちらで働いてらっしゃったんですか？」

冴子さんがたぬき蕎麦をすすり終えてから、ボソボソと言う。オペレーターの制服を指でつまんでみせながら私は頷いた。

「はい、ここで電話オペレーターをしています。冴子さんは近くの商社の方、ですよね？」
「あ、はい……」
気まずい。でも。いろいろと聞いてみたいことがあるのはたしかだ。
浜坂さんのこととか、冴子さんのこととか。いろいろ。でも、彼女も混乱している
みたいだったし、どうしたものか。それに。
私はちらっとフードコートにかかっている時計を見た。そろそろ私も、仕事に戻ら
ないといけない。
「あのう、本当はいろいろお話したいんですけど、今は時間もありませんし、日を改
めませんか？　私もそろそろ仕事に戻りますし、今はなにかと慌ただしいですから」
「……いいんですか、本当に？」
冴子さんがそう目を輝かせて尋ねる。……なんというか、この人も私と同じなんだ
なあ。現状が不透明だから、どうにかはっきりさせたいんだ。
私たちは互いのメッセージアプリのＩＤを交換すると、ひとまず別れた。
夜になってから、互いに予定をすり合わせて、会う日を決めた。
年明けを埋めている予定が、仕事に好きな人の元カノとの話し合いって、修羅場が
過ぎるにも程があるけれど、いい加減目を瞑《つぶ》っていてもしょうがない。

＊＊＊＊

年越しには蕎麦をすすり、三が日をどうにかやり過ごしたら、冴子さんとの〝デート〟の日となった。

休みボケになる暇もなかった私は、ずっと疲労で気怠いままの体を引きずって、待ち合わせ場所へと向かった。

「【昨日は鍋を食べました。三が日の残りの野菜はこれでおしまいです。浜坂さんは昨日はご飯を食べましたか？　年明けの一番冷える季節です。くれぐれも無理なさいませんように。】……送信っと」

私はスマホで不毛な文章をタップして、それをメールで送る。

相変わらず、浜坂さんからの連絡はない。

それは仕事のせいでスマホの確認ができない場所にいるのか、冴子さんとの修羅場のせいなのかがわからない。ただ朝の日課として、昨日食べたものと彼の仕事を労う言葉だけは一日一回メールしている。

これ、ライフログにしては味気ないし、メル友とするやり取りでもないし、なんなんだろう……。

そう思いながら、私は待ち合わせの駅で待っていた。地下鉄の改札口の近くは、外よりもよっぽど暖かいものの、ホームに電車が滑り込んでくるときだけは風がかき混ぜられて寒く、どうしてもコートの胸元を押さえてしまう。

ホームから出てくる人たちを眺めていたら「あの、洲本さんですよね？」と声をかけられた。

たしかにこの前、フードコートでＩＤ交換をした冴子さんだ。今日もハーフアップの髪形に、白いコート。前のときは修羅場のせいで殺気立った雰囲気を醸し出していたけれど、浜坂さんから離れてしまったら、ごくごく普通の人だ……気のせいか、私と雰囲気が似ているように思える。

私はぺこりと頭を下げる。

「こんにちは、冴子……あ、氷上《ひかみ》さん」

いくらなんでも浜坂さんがそう呼んでいたからって、私が彼女を名前で呼んでいい道理はない。失敗したと俯《うつむ》いてしまったら、冴子さんのほうからくすりと笑ってくれた。

「それなら、私のことは冴子でどうぞ。いきなり鳴海さんじゃ、失礼ですか？」

「い、いえ……！　先日は本当に申し訳ありませんでした！」

「いいえ。こちらこそ本当に混乱していたとはいえ、申し訳ありませんでした。怖がらせるつもりは全然なかったんです」

　女ふたりがひたすら頭を下げ合っているというのは、ずいぶんとシュールな光景だと思う。こちらのほうにちらちらと視線が集まるのを無視しながら、私たちは顔を上げた。

　冴子さんは辺りを窺《うかが》う。

「……こんなところで謝り合っていても仕方ありませんから、どこか店に入りましょうか」

「あ、はい……ああ。でも私。あんまりカロリー取るなと言われてて」

「……また真夜の悪い癖が」

　さっきまで穏やかだった冴子さんが、本当に嫌そうに顔を歪《ゆが》める。

　どうも彼女も、浜坂さんの普段の言動に相当覚えがあるらしかった。

「悪い癖、なんですか？」

「あいつ、健康オタクですから。人の食生活にまであれこれ口出しするの、相変わらずなんですね」

　そう言って顔をしかめる冴子さんに、私は思わず笑ってしまった。浜坂さんは、私の知らないところでも、相変わらず浜坂さんだったらしい。

　三が日が明けても、学生さんはまだ休みだし、サービス業以外のほとんどの業種もまだ冬休み中だ。

どこの店も混雑して満席な中、どうにか入れたのは、浜坂さんだったら絶対に顔をしかめそうな、健康度外視のカロリー高めなお菓子や飲み物しかない店だった。

わざわざそこを選ぶあたり、冴子さんもずいぶんと浜坂さんに思うところがあるんだなあとぼんやりと思いながら、久々に目にする可愛らしくて女性受けしそうなカフェのメニューを、楽しく眺めた。

「私の趣味に付き合わせてしまってすみません。もっと落ち着いたカフェのほうがよかったですか？」

「いえ。本当に久々に入ったので楽しみです。最近お菓子とか料理とか手づくりばかりでしたから。手づくりも全部手をかけてたら、かえってお金も時間もかかりますよねえ」

「本当にあいつ、人に迷惑ばっかりかけて……！　すみませんすみません」

「冴子さんが謝ることではないですよ。じゃあ私、このホットチョコレートを」

チョコレートをミルクに溶かして、香りづけに黒コショウを振っているというのがおいしそうだ。自分でつくるとなったら、ついついレンジで溶かして楽しようとするから、ミルクに膜が張って見た目が不細工になってしまう。

冴子さんはミルクコーヒーを選んで、ウェイトレスさんに注文を伝えてくれた。

お冷やを飲みながら、冴子さんは「あの」と口火を切った。

「……真夜とどこで出会ったんですか？」

「ええっと……」

まさか仕事の帰りに、吸血しようとした浜坂さんに襲われたなんて言えない。たぶんだけど、冴子さんは浜坂さんを吸血鬼だと知らないみたいだもの。

私はできるだけ嘘じゃない言葉を選ぶ。

「ちょっと買い物しているときに、買っているものがあまりにも偏っているもんだから、居合わせた浜坂さんに、不摂生だって怒られたんです。それから食事の面倒を見てもらっていました」

「あー……あいつ本当に相変わらず人に迷惑かけて……っ！」

冴子さんがイラッとした声を上げるのに、私は必死で手をぶんぶんと振る。

「いえ、私本当にズボラが過ぎて、このまんまだと倒れてもおかしくなかったんで、生活を矯正してくれたのは全然かまわないんですよっ！」

「それ、ものすっごく騙されていますよ、鳴海さん！　あいつにそんな甘いこと言っちゃ駄目です！」

どうにも冴子さん、相当言われてたみたいだなあ。私は彼女の地雷に気を付けながら、恐る恐る聞いてみることにした。

「あの、浜坂さん。そんなに冴子さんの食生活に口出ししてきてたんですか？」

「してましたね。私、趣味がお菓子作りなんですけど、やれ白砂糖を使うな、やれバターが多過ぎる、やれこの油はよくない、やれこの材料を使ったほうがいいと、チクチクチクチクチクチクチクチクチク……」

ああ、浜坂さんがお菓子作りにまで詳しかった理由は、冴子さんの趣味に立ち会ったせいか。お菓子は一部のものはレシピ通りにつくらないとそもそも膨らまなかったり食感がよくなかったりするから、浜坂さんの健康第一主義が悪い方向に働いちゃったんだなと納得する。

でもどうやって、冴子さんと出会って付き合いはじめたんだろう。

あの人はフリーランスのライターだと言っていたけれど、冴子さんはどう見てもフリーランスの仕事の人とは縁遠いように思える。商社の仕事内容っていうのを、私が知らないからそう思うのかもしれないけど。

「でも冴子さんは浜坂さんとお付き合いされていたんですよね？」

「……まあ、そうですね……。元々仕事で出会ったんです。彼はうちの会社の取材に来たライターだったんですけど、私が広報として取材に応じて、そこからです。本当に健康オタクが過ぎるところを除けば、優しかったんで」

「わかります」

あの人はいい加減に見えて、優しいんだ。そりゃ女性が放っておかない。

冴子さんはどこか遠くを見るような目をしたところで、「お待たせしました、ミルクコーヒーとホットチョコレートになります」と、私たちの前にそれぞれのものと伝票を置いて、ウェイトレスさんは立ち去った。

お冷やのグラスから手を放して、久しぶりのホットチョコレートを堪能しようと口にしたとき、冴子さんはぽつんと言った。

「光アレルギーで全然一緒に写真撮ってくれないし、高所恐怖症で飛行機に乗れないからと旅行にはなかなか行けませんでしたけど。できないことが多過ぎる奴です。でもできることだったらうんと優しかった」

……光アレルギーは、多分嘘だ。あの人、鏡にも写真にもうつらないから、それを誤魔化すためだろう。高所恐怖症も、おそらくは写真が撮れないせいでパスポートがつくれないから、誤魔化すためだと思う。

やっぱり冴子さんは、彼が吸血鬼だってことは知らないんだ。

冴子さんは言葉を続ける。

「でもあの人、ときどきすごく具合が悪くなるみたいで、病院に行くように勧めても全然言うこと聞かなくって。健康オタクのくせに不養生って、おかしな話でしょう？そんなやり取りを何度も続けていたら、ある日突然連絡が取れなくなって。家に押しかけても管理人さんに引っ越したとか言われて、なにをやっても連絡が取れなくなってしまったんです」

「それは……」

「……私は、今更よりを戻したいって思ってるわけじゃないんです。ただ、どうしていなくなったのか知りたいだけで……あの、鳴海さん。あいつ、今はどうですか？」

そう聞かれて、私はたじろぐ。

浜坂さんはひどい人だ。さんざん人の心の中を踏み荒らしていった癖に、状況が悪くなったら、全部放り出してどこかに行ってしまう。核心的なことなんて、一度も言ってくれない。

本当に、今の関係は人に説明するのも難しいし、端的に吸血鬼とその献血バッグと言っても、なんの説明にもならないし、なにも知らない人には訳のわからない関係だ。

正直、冴子さんみたいに「付き合っていた」と言えるような関係でもない。

冴子さんは、少しだけ目尻を垂れさせて言う。

「今、あいつが幸せなら、本当にそれでいいんです」

彼女がそう言葉を締めくくって、ミルクコーヒーをすすり出す中、私は黙り込んでしまった。

多分だけれど。浜坂さんは何度も吸血衝動があったんじゃないかな。冴子さんに頼めば多分血はもらえたけど、それができなかった……。

恋人に自分が吸血鬼だと告白することも、それが原因で拒絶されるのも嫌だったから、離れたんじゃないのかな。

私に対して吸血しても問題ないのは、私はあくまで献血バッグで恋人でもなんでもないから。

そう思ったら、思わず口を開いていた。

「浜坂さんは、多分本当に、冴子さんのことが大切だから離れたんだと思うんですよ。冴子さんが悪いわけじゃないです」

「……でも、鳴海さん。あなたは今、真夜と一緒にいるんでしょう？」

「私と浜坂さん、周りからはどう思われているのかわからないですけど、本当に付き合ってもいないんですよ。残念ですけど」

悲しいかな。私があの人と離れないようにするには、自分の血をあげるしかできなかった。もし気持ちを伝えてしまったら、あの人が罪悪感を覚えていなくなってしまう気がするから。

それからは私も冴子さんも黙り込んで、ただそれぞれの頼んだ飲み物を口にしていた。私は久々のホットチョコレートをすする。

前までは甘ったるいものを口にするのはストレス解消だったのに、今はやけにその甘さが舌に残る。

浜坂さんと出会ってから、さんざん振り回されたと思っていたのに。

彼の言動に振り回されながらもすっかり影響されてしまって、過ぎる甘さはおいしいと思えなくなってしまったんだなと、しんみりとする。

最後に冴子さんは言う。

「私は何度も言いますけど、真夜とよりを戻したいわけじゃないんです。この間鳴海さんが帰ったあとも、どんなに問い詰めても、結局私の前から消えた理由を教えてくれなくて、ただ『ごめんな』って謝られただけで……本当に、どうしてなにも言わずにいなくなってしまったのか知りたいだけだったのに。鳴海さんはご存じないんですよね？」

なんとなく察することはできたけれど、これは本当に私が言うべきことじゃないため、浜坂さんにも冴子さんにも悪いけれど、口にすることはできず、私はただ「ごめんなさい、私もわかりません」と首を振ることしかできなかった。

それに冴子さんは「そうですか……」とうつむいたあと、私に頭を下げた。

「本当に、私のわがままで振り回してしまって申し訳ありません」

「い、いえっ！　顔を上げてください！」

会計して、何度も互いに頭を下げ合ってから別れる。

どっと疲れてしまい、休みの日なのになにやっているんだろうという気分になりながら、私は家路につく。

普段使う駅に辿り着いたけれど、見慣れてしまった黒いコートの美丈夫の姿は見当たらない。真っ黒なコートで黒い髪でも、ぞっとするほど整った顔、石榴色の瞳は、誰よりも存在感を放っていた。

あの人の姿かたちを瞼《まぶた》の裏に浮かべてから、首を振る。

このままあの人は私の前からもフェードアウトしてしまうんだろうか。

そんな寂しい不安が胸に渦巻いたけれど、それを気にするのをやめたふりをして、のろのろとスーパーへと向かう。

そろそろ冷蔵庫の中身を掃除したいなと、中に入っているものを思い浮かべる。きのこを冷凍させたままだし、いい加減全部使い切ってしまいたい。最近は寒いし忙しいから、ひとり鍋ばかり食べていた。どうしてもひとり鍋だと豚肉や鶏肉ばかりになってしまうから、魚を食べたいけれど、簡単なものがいい。

そう思いながらちらっと野菜コーナーを覗いたら、ミニトマトが目についた。それをひょいとひとつ手に取ってカゴに入れてから、魚コーナーへと移動する。

魚コーナーでは鍋に入れられるタラやクエの切り身が売られているけれど、さすがに予算オーバーだなとスルーしていたところで、鮭の切り身が目についた。

鮭は焼く以外にぱっと思いつかないけど……と、そこまで考えていたら、スーパーの店員さんの考えたらしいレシピの紙束が魚コーナーの手前にストックされているのに気付いた。何気なく一枚手に取って読んでから、私は勇気を出して鮭を手に取った。

精算してから、もう一度レシピを取り出して手順を確認する。

なんでも家にある残り物野菜を使えば、野菜の水分とオーブントースターで簡単にできるというのが、ズボラ人間にとってはありがたかった。あと鮭の成分。

『鮭には体にいい脂がたっぷり。鮭に含まれるオメガ3脂肪酸はストレス耐性を底上げしてくれるといわれてます』

家に帰ってから、冷蔵庫の中身をあらためる。

白ネギはそろそろ傷んでしまうから、これも食べてしまおう。

根っこを切り落とすと、全て斜め切りにする。買ってきたミニトマトは半分に切る。

続いてアルミホイルを取り出すと、その上に買ってきた鮭の切り身を載せる。

鮭には塩コショウをしたあと、前に浜坂さんが買って置いていったオレガノを振る。

白ネギを散らしミニトマトも散らし、冷凍きのこを散らし、トースト用のチーズをちぎってかぶせる。さらにその上に白ネギの青い部分も散らしてから、アルミホイルでしっかり包んで、オーブントースターに入れた。

チーズの焦げる匂い、鮭とオレガノの香ばしい匂いを嗅ぎながら、麺つゆを水で割り、ミニトマトと溶き卵を加えたスープをつくっているところで。

スマホのランプが点滅していることに気付いた。

また冴子さんだろうか。私は不安げにそれを見る。まだオーブントースターが止まってないのを確認してから、手を拭ってスマホに手を伸ばす。

「あ……」

それは浜坂さんからのメールだった。


【ずっと連絡が取れなくて申し訳ありません。】

相変わらずメールだと方言が取れているので、今の彼の表情がわかりづらい。私は震えながら、メールの続きを読んでいく。

【仕事が原因でなかなかままなりませんでした。鳴海さんを不安にさせたと思います。このことで一度お話があります。長いこと放っておいたのに、今更と思いますが、もし話を聞いてくださるなら、予定を空けますので、お話しする機会をください。】

普段知っている浜坂さんとは違い、ずいぶんと余裕のない文面だ。

関西弁でしゃべり、飄々としていて捉えどころのない人が浜坂さんだと思っていた。でも、この人は思っている以上に傷付きやすい人なのかもしれない。

しょうがないなあ。そう思ってしまったのは、なんでなんだろう。私は一生懸命考えてメールを打つ。

【仕事お疲れ様です。私も年末年始は大変でしたので、そちらの業界も本当にご苦労があったのだと思います。

私のことは気にしないでください。会えるなら来週でしたら予定が取れます。】

私はライターの大変さについてちっともわからないけど、前も缶詰状態が続いて連絡が断たれたことがあるし、浜坂さんがどう思っていたのか聞けるんだったら、もうどうでもいい。

フェードアウトされてしまったらどうしようと思っていたから。

私がスマホをドキドキしながら見ていたら、返事が来た。日時の候補が書かれている。その返信の文面を考えていたところで、チン、とオーブントースターが鳴った。

それをお皿に取って、アルミホイルを開く。

スープとホイル焼きを持って、机の前に座ると、私はメールの返事を送信してから、ゆっくりと鮭を食べた。

心のもやもやした気持ちも、気付かないふりしていた小さなささくれも、たったのメールひとつで簡単に払拭できるんだから、現金なものだ。

浜坂さんにまた会える。話の内容に不安がない訳ではないのに、それだけで私は浮かれてしまっていた。

ホイル焼きはシンプルな味付けなのに、妙においしく感じるのは、きっとそういうことだろう。

第四話

雪解けとみぞれ鍋

約束したのは、メールが来た翌週の夕方だ。

どこか外で話を聞こうか、そう思ったけれど、結局は自分の家に呼んで話を聞こうとするんだから、我ながら本当にどうかしていると思う。

駅の前に着いたけれど、見慣れた黒いコートの人は見当たらない。ホームの駅長室前のガラスには、鼻が赤くなっている私が映っている。鼻を擦《こす》ってそれを誤魔化しながら、周りを見回す。寒いし、日が落ちるのは早い。皆が皆、足早に駅から離れていくのを眺めていたら、心なしか心細くなってくる。

約束の時間から一時間くらい経ち、だんだん辺りが暗くなってくる。

浜坂さん、まさか来ない気じゃ。

一瞬そう疑惑がよぎるけれど、ぶんぶんと首を振って自分を励ます。

あの人がなにを考えているのかわからないのは、今更じゃないか。

そう思って、肩にかけた鞄をぎゅっと握ったところで、こちらに走ってくる足音が響いてきた。さっき電車が停《と》まったばかり。改札口を越えてきた黒いコートの人を見て、私は思わず目を見開いていた。

　息を切らして走ってきたのは、少しかいた汗で前髪を額に貼り付かせているのは、まぎれもなく浜坂さんだった。

「なるちゃん、すまんっ!!」

　いきなり頭を下げられてしまって、私は目を白黒とさせる。寒くって震えていたのに、今はその温度さえ忘れている。

　久々にこうして顔を合わせただけで、胸中を渦巻いていた不安が霧散してしまった。

　私の心中を知らない浜坂さんは、私が鼻を赤くしているのを目ざとく見つけて、悲鳴を上げる。

「ああ、えらい冷えて！　コンビニにでも行ってくれてたらよかったのに！」

「い、いえ……コンビニはここからだと遠いですし。でもお久しぶりです。えっと、遅くなりましたけど、あけましておめでとうございます……？」

　我ながら、久しぶりに会った人に言うことではないとは思う。でも。

　黒い髪には、忙しかったとは思えないような綺麗な艶がある。石榴色の瞳は濁っていない。相変わらず端正な顔つきのこの人にもう一度会えたんだから、もうどっちでもいいやと思考を放棄してしまっているんだから。

浜坂さんは脱力したように、肩を大きく竦める。

「はあ～……もう、なんやのん、なるちゃん自分、マイペースが過ぎるやろう？　そこは、もうちょっと怒ったりなじったりしてくれるほうが楽やで？」

「ええっと、聞きたいことはたくさんありますけど、怒ることは特にないです。はい」

誤魔化しでもなんでもなく、それは本音だ。私の返事に、浜坂さんは少しだけ困ったように笑った。

「なんやのん、ほんまに」

「えっと、話をするんですよね？　私、今日は浜坂さんにご飯出しますから、行きましょう？」

「ほんっま、なるちゃんは。もうちょっと警戒せなあかんよ？」

「警戒できたらいいんですけど、浜坂さん私に警戒させてくれないんですもん」

笑いながら、私は浜坂さんと一緒にスーパーに入ると買うものを選びはじめた。

今日はみぞれ鍋にでもしようと、大根にネギ、きのこ、豚肉を選ぶと、それを買って帰った。

まだ鍋をはじめるには早いからと、冷蔵庫に買ったものを入れるだけに留め、代わりに緑茶を淹れて浜坂さんに出した。

「あの、お話ですけど……」

私が恐る恐る切り出すと、浜坂さんは「せやなあ……」と頷いた。

「なるちゃんの聞きたいことには、全部答えるつもりで来たけど。どれから聞きたい？」

「えっと……浜坂さんって、吸血鬼ですよね？　私の血、ときどき噛みついて吸ってますし」

「せやね。鏡にも写真にもうつらんやろう？」

「はい……」

ガラスの自動ドアにも、浜坂さんは映らない。私と一緒じゃないと自動ドアを通ることもできないのは、横で見ながら不便な人だなあと感じたものだ。とはいえ、誰かと一緒なら通れるし、誰もかれもが他人に対しては無頓着だから、写真が必要な書類でもない限りは、彼の体質を疑問に思うこともない。

浜坂さんはゆっくりと湯呑みを傾けてから「でもなあ」と続ける。

「むっちゃ不便やけど、ほんまにそれだけで、吸血衝動が出るようになったのはつい最近なんや。冴子……この間俺に鞄をぶつけてた子ぉやなあ。あの子と会ってた頃には、まだそんなんもなかったんや」

ああ……と私は思った。

冴子さんと話したときも、彼女は本気で浜坂さんが吸血鬼だということを知らない様子だった。吸血衝動さえ出なかったら、写真や鏡のことはともかく、ただの健康オタクで通ってしまうもんな。

浜坂さんは淡々と言葉を続ける。

「うちも先祖には力が強いのがいたらしくって、目ぇ合った相手を操ったり、眷属を増やしたりできた代わりに、夜以外は起きていることさえ適わへんかったし、宗教関連のもんには弱いし、流れとる川を見ただけで発作が起こるから、そんなんやったらまともに生活でけへんってことで少しずつ血を薄めてったらしいんやわ」

それは前に吸血鬼のことを調べたときにも、出てきた情報だと思う。

吸血鬼の弱点として、宗教に関するものとか、流れる水とか、ニンニクとかは書かれていた。でも浜坂さんはニンニクも普通に料理の香りづけに使うし、昼間もちょっとだけ具合は悪くなるものの普通に歩き回れるし、一般的な吸血鬼にできることがほとんどできない代わりに、吸血鬼の目立った弱点でも死ぬことはないんだろう。

それにしても……この人。つい最近、なの？　吸血衝動は。

浜坂さんはゆったりとした笑みを浮かべながら、言葉を続ける。その笑みは、ひどくシニカルに見えた。

「最初はわからんかったんよ。なぁんか喉が渇くけどなんでやろなあくらいで。こんな体質やから、うちの家のかかりつけの病院以外にはほとんど行かれへんかったし、今も病院は好かんよ。しゃあないから、手持ちの家庭用の医学書見て、見よう見まねで治療してみたけど、どれも意味がなくってなあ」

浜坂さんが健康オタクだって揶揄《やゆ》されてるのは、それかあ。

ずずっと湯呑みを傾けてから、浜坂さんは続ける。

「せやけどある日、冴子を見てたら首に噛みつきたくって仕方なくなってなあ……。ある日、あの子が寝てるときに、首筋を噛んでもうてん……あの子は夢やって思ってたやろうけどな。本人は痛あて唸り声をあげとったけど、ズルズルと血ぃすすったら、ようやく喉の渇きが癒えた。水を飲んでも酒を飲んでも、どないな健康法やっても治らんかったのに、あっという間やった。嬉しかったのと同時に、むっちゃ気持ち悪くなってなあ……あの子の前から、逃げ出すしかでけへんかった」

その言葉に、私は思わず自分の首筋に触れる。

浜坂さんが噛んでも、傷はすぐに塞がってしまうし、牙に食らいつかれた痕すら残らない。だから冴子さんは気付かなかったんだ。

やっぱりこの人……自分が吸血鬼だと認めたくなくって、逃げ出したんだ。

「自分のこれは、先祖返りやとはうちのかかりつけの医者に診てもらって教えてもろた。知ったときはぞっとしたわ。ただでさえ、普通に生活するには面倒臭い体質やのに、これ以上先祖返りしたら、完全に化け物になってまうって。せやから、一度は食事を断って死のうかなあ思てたんやけど。むっちゃええ匂いするから、ついふらふらとその匂いを追いかけてたらなあ……なるちゃんと会ってもうてん」

そこで、私は浜坂さんと目が合う。

この人、本当にどうしようもない人だなと私はぼんやりと思う。本当に端正な顔付きなのに、中身が全体的に残念だ。

ヘタレなのに、情けないのに、おまけに人間ですらないのに。

放っておけないと思ってしまうのは、私が男を見る目がないせいなのか。

最後に浜坂さんは笑顔で締めくくった。

「この化け物出ていけ、顔も見たないって言うてくれてもええんやで？　吸血鬼は招待されたところにしか入られへん。なるちゃんやったら、追い出してくれても恨まへんから」

浜坂さんの言葉に、しばらく沈黙が降りた。

下手なことを言ったら、冴子さんのときみたいに、事情の説明もなしにいきなりいなくなってしまうだろうし、それは困る。

だからといって、当たり障りのないことを言っても、今のよくわからない関係が続くだけだ。

これだけ土足でさんざん踏み荒らされたんだから、いい加減はっきりしたい。

「なんというか、浜坂さんって本当に勝手ですよね」

私がぽつんと言うと、浜坂さんは石榴色の目を丸くして、こちらを凝視する。それに私はにこりと笑う。

本当にしょうがない人だ。

「勝手に人のことを襲って、勝手に人の家に押しかけてきてご飯をつくり出したかと思ったら、自分は化け物だからと卑下して、出ていけとか言ってもいいとかって、決定権を私に丸投げするのやめてくださいよ。こっちだって困ってしまいます」

「なるちゃん……やっぱり怒ってる？」

「というより、これで怒らない人間がいるわけないでしょ。浜坂さん顔はいいしスタイルいいし料理できるのに、いろいろとこう……残念過ぎますよ」

はっきりと口にしてみたら、浜坂さんってば、しょぼん。という言葉が見えるくらいに肩を落として背中まで丸めてしまった。

本当のことを言っただけなのに、これじゃ私がいじめているみたいじゃない。

それでも、言わないと。浜坂さんのリアクションを無視して、言葉を続ける。

「でも別に、嫌だから出ていってと思ったことは一度だってありませんよ。もし本当に嫌だったら、交番に駆け込んでいます」

私がきっぱりと言い切ると、だんだんと浜坂さんは肩を震わせはじめた。そして顔をくしゃくしゃにして笑いはじめたのだ。

　さっきまで落ち込んでいたのが、もう笑ってる。

　この人、本当にどうしようもないな。

「ほんまに……自分おもろいなあ……」

「わ、笑わせるためにしゃべってはいないですよっ！　ただ、私は今の関係をはっきりさせたかった、それだけです」

　ただの都合のいい、吸血者とその献血バッグという関係が嫌になっただけだ。それに浜坂さんは「ああ」と笑う。

「せやなあ、なるちゃんがここまで一生懸命言うてくれたのに、こっちも返事せなあかんね」

　そう言いながら、浜坂さんは私の手を取った。

　仕事上キーボードをずっと叩いているせいなんだろうか、浜坂さんの指先は、少し硬くなっていた。その手は私の手をなんなく引き寄せると、手の甲に唇を押し当てられる。もっとカサカサしているのかと思っていたら、思っているよりもしっとりしていた。

「すまんなあ……最初は、ほんまに美味そうやなあくらいしか思っとらんかった」

「……知ってますよ」

「ズボラやし、流されやすいし、小心者やし、ええ加減やし、この子ほんまに大丈夫かと思っとった」

「ズ、ズボラなのは否定できませんけど、そこまで言いますかっ⁉」

「でもなあ……友達が悩んどったら解決はでけへんでも一緒になって悲しんだり怒ったりできて、懐に入れたもんにやたら情をなんのためらいもなく与えられるところは、ええ子やねんなあって思うとったよ」

落として落としたと思ったら、持ち上げてくる。それはいくらなんでも褒め過ぎだ。私はそこまで大した人間じゃないのに。

浜坂さんは笑いながら、私の手首をきゅっと握る。私の手首に、浜坂さんの長い指は余ってしまう。そのまま手首をすりすりと撫でてくる。

「……ええ子やと思うたびに、逃げ出しとうなっとってん。こんなええ子に『化け物』とか『出て行って』とか言われたら、立ち直れそうもないし。なるちゃんとおったら、まるで普通の人間に戻れたみたいで、幸せやったよ」

「……もう、逃げるのやめてくださいよ。私、またあなたに逃げられたら、立ち直れそうもありません。泣きますよ？　また血がまずくなりますよ？　ストレスたっぷりで血がギトギトになりますよ？」

「せやなあ、なるちゃんがまた体壊したらあかんね」

浜坂さんはそう笑いながら言うと、もう一度私の手の甲に唇を押し付けようとしてくるのを、私は「あの」と制止する。

「……冴子さんのことは、もういいんですか？」

「あぁー……」

いくら流されやすい性分でも、これだけは確認しておきたかった。浜坂さんは一瞬石榴色の瞳で遠くを見たあと、にかりと笑った。

「冴子のことやから、俺のこと『このヘタレ』と怒っとるやろ。俺も逃げたし、合わせる顔もないんやから、幸せになって欲しいと思てるよ」

「……わかりました」

冴子さんのほうも、吹っ切れていたみたいだから、大丈夫だろう。私がようやく制止を解いたら、浜坂さんはまた私の手の甲に唇を押し当ててから、そっと手を離した。さっきまでさんざん握られていたせいなのか、離された手が妙に冷たく感じる。

「好きやで」

そのひと言で、どっと顔は熱を持った。

さんざん抱きつかれて血を吸われておいて、そのひと言でここまで恥ずかしくなるとは思わなかった。

私は首を縦に振る。

「……はい」

＊＊＊＊

大根の皮を剝いて、すりおろす。みぞれ鍋のいいところは、おいしいポン酢さえ使えば、どんなに適当につくってもそれなりにおいしくなるところだと思う。

大根の葉は明日のお弁当のおかずにでもしようと思って、取っておくことにした。

私が鍋に大根おろしを入れている間に、浜坂さんは野菜を切ってくれていた。

大皿に盛られている白菜は葉と芯がきっちりと分けられ、長ネギも青い部分と白い部分が分けられていて、私がいい加減にやるよりもよっぽどおいしそうに見える。

「そういえば、なるちゃんはみぞれ鍋のしめはなににするタイプ？」

「うーんと、雑炊ですかねえ。浜坂さんはしめ、他のもののほうがよかったですか？」

「うどんがあったらええ思うけど、今はないしなあ」

みぞれ鍋に残った大根おろしにご飯を入れて、卵でとじたら、さっぱりとした雑炊になる。ポン酢をちょっと垂らして食べるとおいしい。でもうどんでもさっぱりとしていておいしそう。でも冷凍うどんはなかなか買わないからなあ、残念。

今度は冷凍うどんを買っておこうと、頭の中にメモっておく。

お肉の準備をし終わってから、炊飯器のご飯をザルに移して洗いはじめた。

カセットコンロを机の上に載せて、その上に大根おろしでいっぱいになった鍋を置き、火をつける。温まったところで、買ってストックしていた鶏肉のぶつ切りを入れて、鶏肉に火が通ったところで、野菜をほいほいと入れはじめる。

大根がくつくつと煮えるのを眺めていたら、「なあ、なるちゃん」と浜坂さんに声をかけられる。

「そろそろ、その浜坂さんっていうの、やめへん？」

「えっ？　じゃあなんと呼べばいいんでしょう……？」

「初々しいといえばそれまでやけど、そこまで初々しい態度ばっかり続けられたら、手ぇ出されへん」

そうきっぱりと言われて、私は「ぶっ」と顔を逸らして噴き出した。

この人、ヘタレなのか肉食系なのか、はっきりとしてほしい。というより、そこまで開き直らなくってもいいじゃない。

私はぷるぷると震えながら、ちらっと浜坂さんを見る。浜坂さんはにっこりと笑っている。目元とか口元とか、まるでいじめっ子みたいだ。私はそれにぷいっとそっぽを向いてから、声を上げる。

「名前なんて、言わせるものじゃないでしょう！」

「えー、俺はずぅーっと、なるちゃん呼びやけど？」

「そもそも浜坂さん、なんで私の名前、最初っから知ってたんですか⁉」

「血ぃ吸うたら、ほんまになんとなーくやけど、個人情報知ってまうねん。せやから、なるちゃんがむっちゃ不摂生やってゆーのもそれで知ったんや」

「もう～……‼」

愛称って言わせるものじゃないと思うし、そこまでいきなりぐいぐいと迫られてしまっても、こちらだって心の準備というものがあるから、落ち着いて欲しい。

私はしおしおとしながら、言う。

「……慣れたらちゃんと言いますから、待ってください」

「せやね？　まだ悪さはでけへんわ。そんな反応されたら」

「もーう、もーう……‼」

ポカポカポカとできないのは、鍋がくつくつと煮えたぎっているからだ。私は器とお箸、お玉を持ってきてから、浜坂さんに突き出す。

「もーう、私のことからかわずに、取り分けてくださいよー！」

「はいはい」

浜坂さんが、にこにこにこと笑っているのを見て、さっきまでシリアス決めていた人に、もうからかわれているなと思う。

こちらは、いっぱいいっぱいなのにと、その余裕が憎らしかった。

くつくつ煮えている鍋に豚肉を入れて、さっと火を通す。薄いから比較的すぐに火が通り、そのタイミングでお玉でみぞれごとすくっていく。そこにポン酢をちょんちょんと足して、食べる。

みぞれ鍋は、脂っこい豚肉の脂も程よく落ちて食べやすくなる。おまけに野菜もくたっとしているから、思っている以上に野菜がたっぷりと食べられる。最初に入れておいた鶏肉もいい仕事をしてくれて、おいしい。

「おいしい……」

「ほんま、ええ顔で食べるなあ。最初会ったときはもっと死んだ顔しとったのに」

「あれは……仕事で疲れていただけですよ」

「そういうことにしといたろか。血もだいぶ美味なってきたからなあ」

「え、そろそろ効果出てきたんですか？」

「自分、そこはもうちょっと怒ったり引いたりするとこやで？」

浜坂さんにピシャンと突っ込まれて、私はしゅんと肩を縮こまらせる。

いつの間にやら、血を吸われるのが普通になってしまっている辺り、本当に私はずいぶんと浜坂さんに染められてしまっている。

ふたりでみぞれ鍋をたっぷりと食べたところで、ご飯を入れて、溶き卵を回し入れる。蓋をしてしばらく待っている間に、浜坂さんが「なあ」と声をかけてきた。私がきょとんとしていると、彼は物足りなそうな顔をしている。

年末に噛まれて血を吸われて以来、そういえば血をあげていない。大丈夫なのかなと、私はそろそろと着ていたハイネックの襟首を引き下げる。

「あの、血がそろそろ必要ですか？　吸いますか？」

「……はあ。なるちゃん、さっきからそればっかかやねえ」

「ええ？」

「そっちやなくて、こっち」

くいっと肩を寄せられると、そのまま唇を奪われる。

食べられると思ったキスは、これが初めてだった。私は一瞬呆けたあと、思わず浜坂さんの肩をバシバシと叩いていた。

「だ、から……！　もうちょっと待ってくださいって言ったのに！　言ったのに！」

「せやかてなるちゃん。自分ほんま無防備過ぎて心配になるんやけどぉ！　俺みたいなんにほだされたのは、まあええとして。惚れてる男にひょいひょい首出したりどうぞって体出されたりすると、据え膳かと思うやろうが！」

「なんですぐそっち方面に行くんですか⁉　怒りますよ⁉　そもそもまだ食事が終わってないじゃないですかあ！」

「男は惚れた女の前やったらそんなもんちゃうのん?」

「知りませんよっ!」

ふたりでギャンギャン言い合いをしている間に、蓋が「その辺にしとけ」と言いたげにカタカタと鳴った。蓋を取ってみれば、ふっくらと卵が半熟。お玉ですくってポン酢をちょんとかけて、いただくことにした。

浜坂さんが食べているのをちらっと見る。この人は私のことをさんざんおいしそうに食べると言っていたものの、この人も大概食事をおいしそうに食べる。今回は私がほとんどつくったのに。

少し気をよくしながら、私は雑炊をすすり終える。お腹がいっぱいになったら、少しだけ気が大きくなる。

「なあ、なるちゃん」

「なんですか」

「血、吸ってええ?」

さっきキスするよりも先に、吸っておけばよかったのに。そう思いながらも、私は襟首を引き下げて、うなじを露にした。

「どうぞ」

「ん……」

普段は後ろから抱き付いて血をすする癖に、今回は正面から抱き付かれて、首筋に顔を埋められてしまった。いつもこんなことを平然としていたのかと、自分の鈍さに呆れかえりながら、歯を立てている浜坂さんの髪に指を滑らせていた。

そのまま頭を撫でている間に、血のにおいも、痺れるような痛みも消え、ただ浜坂さんがさっき吸血した場所に舌を這《は》わせている感触だけが残る。

……ちょっとだけ、長い。

「あの、浜坂さん。今日は長いんですが……」

「んー？」

「……待ってください、今日は待ってくださいって言いましたよね？　まだ告白して、半日も経ってないんですけど」

ぐいっと浜坂さんの髪を掴んで抗議すると、ようやく浜坂さんは首筋から顔を上げた。

そして、こちらを見てにこりと笑う。

「自分、俺と一緒に住まへん？」

「……はあ？」

またも斜め上なことを言ってきたのに、私は襟首を直しながら目を白黒させる。ようやく浜坂さんが体を離して、頭を引っ掻いた。

「今回、なるちゃんをむっちゃ不安にさせたし、こっちの都合で連絡も取れられへんかったから、弁明するまでに年をまたいでもうた。でも俺もスケジュールは不定期やし、なるちゃんの仕事もシフト制やったら、なかなかカレンダー通りの休みにはならんやろ。ならせめて、一緒のとこに住んどったら、朝食と夕食だけは一緒に食べれるやろうと思ったんやけど。どうや？」

「まあ……たしかに私の予定なんてシフト表を出されるまでわかりませんけど」

そもそも、今回の件は本当だったら年をまたがなくってもよかったはずなのだ。

でも私の年末年始シフトが詰まり過ぎて予定を空けられなかった、プラス浜坂さんに急な仕事が入って連絡つかなくなったというのがねじれた原因だ。冴子さんの襲撃がなくっても、こじれていたと思う。

でも……私、朝は本当に慌ただしいから、家で仕事する人と生活なんてできるのかな。私は少し正座でうつむいてから、口を開く。

「……これも、考えててもいいですか？」

「ん、ええよ。俺も待たせてもうたし。今度は俺が待つ番やね」

そう言って頷いてくれた浜坂さんは、「ほな、そろそろ帰るわ」と立ち上がった。

玄関まで出たら、驚くほど冷えていることに気付く。ドアを開けて、浜坂さんが「おっ」と声を上げるのに、私もつっかけでひょっこりと外に出て気が付く。

真っ黒な空に、白い真綿のような雪が舞っていた。

「今日は寒いはずやわ。雪なんて天気予報で言うとったっけ」

「……慌ただしかったんで、天気予報見てませんでした。浜坂さん、傘いりますか？　あ、赤い傘しかないんですけど」

私は傘立てに入れている傘を持ってくるものの、普段使っている傘は柄だけが黒く、それ以外は真っ赤なものだ。男の人がそれを差すのって嫌じゃないかな。そう思ったけれど、浜坂さんは嬉しそうにそれを受け取る。

「ん、ほんなら今度返しに来るわ。同居の件は、また詰めて考えよう」

「はい……お休みなさい」

「お休み。ちゃんと戸締りしぃや」

浜坂さんはそう言って微笑みながら、去っていった。

ベランダからこっそりと窓を開いて下を眺めたら、白い雪の中、外灯に赤い傘がくるんと回っているのが照らされている。この人は、思っているよりもひょうきんな人だったんだなと、今更気が付いた。

私は鍋の片付けをしながら、何気なく唇を撫でる。

今日は本当にてんこ盛りだった。告白されたかと思ったら、キスされて、同居の申し込みだなんて。

出会いは最悪だったはずなのに。身勝手な人に振り回されて、自分をさんざん変えられたと思ったら、今度はその人にやけに大事にされている。

ライターの仕事はどんなものか知らないけど、仕事中は本当に連絡が取れないから大変なんだろう。私と過ごしてて邪魔にならないのかな。そう思ったものの、気持ちは傾きかけていた。

今度物件を見に行こう。うちだとちょっとふたりで暮らすには手狭だし、浜坂さん家はどうだかわからない。そう心に決めてから、ふとスマホで検索をかけて知ったことを、もう一度検索し直していた。

両想いのキスは、ストレスを減らしてくれるものらしい。

第五話

故郷と思い出とくぎ煮

私が帰ってくる頃に浜坂さんが駅まで迎えに来て、家まで送ってくれたあと、食事をつくって一緒に食べ、帰っていく。

それはただ押しかけられたときから変わらないし、そこにときどき吸血されるというのが加わるけれど、休みの日も一緒に過ごすことが増えたのは、付き合いはじめてからだった。

外でデートするときももちろんあるけれど、最近は私の部屋でふたり揃ってスマホサイトやチラシを見て、同居するための物件を探している。

「せめてオートロックで、セキュリティーがしっかりしてるとこ。あとガス台の金輪が最低ふたつ、ほんまやったら三つあるとこ。最近はIHコンロが増えとるからなあ……」

「浜坂さんは、IHコンロは嫌？」

「あれなあ……料理するテンポがずれるんや。火力強したら勝手に弱められたりするし、鍋を少し浮かしただけで勝手に消えよるし」

その辺りの意見は料理する人ならではだなあと思う。最近でこそ、そこそこ料理するものの、電子レンジとコンロがひとつ、あとはオーブントースターがあればいいやって思っているズボラとは違う。

「ガス台はともかく、部屋の間取りと位置をもうちょっと妥協したほうがよくない？角部屋とか、寝室の大きさとか。ここだったらガス台がふたつな上に、寝るところもひとりひとり分けたら充分いけると思う……」

「嫌や」

この人は。寝る場所を分けたらいいじゃないと言うと、すぐに拗《す》ねる。

別に恋人同士のスキンシップが嫌という訳じゃなくって、純粋に仕事上の心配だ。私はシフト制のせいで、朝早いときと昼から出勤とで不規則だし、浜坂さんに至ってはフリーランスだ。納期によっては夜中まで仕事しているときがあるんだから、寝る場所分けたほうがよくないかって思っただけで、意地悪言っている訳じゃないんだけどな……。

ひとまず候補を絞るだけ絞ってから、不動産屋さんに電話した。不動産屋さんは親切にあれこれと教えてくれ、ふたりで候補の物件も見に行ったけれど。思わぬところで躓《つまず》いてしまった。

「それでは、書類なんですが。おふたりの写真付きの証明書というものはありますか？　なければ証明書と一緒に写真が欲しいんですが」

「え……写真ですか？」

私がアパートを借りたときは、運転免許証を差し出せばそれでよかったけれど。今回は浜坂さんの分も必要になってくる。浜坂さんを見ると、笑みを浮かべて手を合わせるポーズを取る。

「すんません。自分の分の写真や写真付きの証明書ていうのがないんですけど……」

浜坂さんが素直にそう言ったら、不動産屋は困ったように眉をひそめた。

「申し訳ございません。最近少々厳しくなりまして。本人確認ができない場合は不動産の賃貸はご遠慮いただいているんですよ」

そう言ってやんわりと断られてしまったのだ。

念のため、他の不動産屋も回ってみたものの、どこも似たようなものだった。今まで写真で本人確認ができないという理由で断られたことがないから、これには少し途方に暮れてしまった。

「普通って、写真付きの証明書がなかったら、他の身分証明書ふたつでいけたりするじゃない……どうして今回、こんなに引っかかるの……」

あっちこっちの不動産屋を回ってもダメで、さすがに私も床に転がってバタバタと足を振り回してしまった。でも断られ続けた浜坂さんは「あぁあ、すまんなあ……」と、予想範囲内、という顔をしている。

「あの……浜坂さんは、そこで怒らないの……？」

「うーん、フリーランスっていうのは、実績積み重ねとったら仕事には困らんけど、社会的な証明にはならへんから、元々フリーランスの多い土地でもない限りは、書類が足らへんとか言い訳つくられて、部屋借りるのを断られることなんてよくある話やしなあ」

「……でも、浜坂さん。今も普通にアパート借りてるじゃない。あれはどういうことなの？」

私がジト目で浜坂さんを睨むと、浜坂さんは、「ああ、あれ？」と気まずそうに視線を逸らす……この人、変なところでヘタレだったり格好付けだったりするから、またなにか誤魔化そうとしてないだろうなと睨《にら》んでたら、浜坂さんは「そんな顔せんでもええやろー」と言う。

「お兄に後見人になってもらって、ほとんどお兄の名義で借りてたんや」

「おにいって……浜坂さん、お兄さんいたの？」

「そらおるよ。俺はともかく、家族は皆、人間やし」

そこで私は目を瞬かせた。

よくよく考えれば当たり前だった。

この人自身も、自分の家系で先祖返りが本当にときどき生まれることも、最近だったら浜坂さんくらいしか吸血鬼の先祖返りが生まれなかったことも言っていたんだから、先祖返りじゃない人がいてもおかしくないのか。

でも、そっかあ。お兄さんに普通に頼めば、アパートを借りられるんじゃゃない。

「あのう、浜坂さん。そのお兄さんに頼んで、また後見人になってもらうってことできない？　このままじゃアパート借りられないし」

「うーん……でけへんこともないと思うけどぉ……ただなあ……」

浜坂さんは頭をガリガリと引っ掻きながら、ほんの少しだけ唇を尖《とが》らせる。ものすごく頼みたくないという雰囲気を醸し出している。兄弟仲が悪いんだったら、わざわざ後見人になんかなってくれないだろうし、もしかして喧嘩中とかだろうか。

「あの……もしかして、頼めない事情でもあった？　だとしたら、こっちも実家に頼めないか確認しようと思うけど……？」

私がおずおずと聞くと、浜坂さんが「ちゃうちゃう」と手を振った。

「お兄、今、嫁さんが実家に帰っとるところやから、そんな中で空気読まずに『彼女と同居できるアパート借りたいから後見人になって』なんか言うたら、喧嘩になるんちゃうかなあと思て」

「ええー……」

そんな家庭の事情、聞きたくなかった。でも、お兄さんに後見人を頼めないとなったら、あとはうちの実家に後見人を頼むくらいしかできないけれど、正社員じゃなかったら、後見人も難しいしなあ……。うちのお父さんは既に退職しているし、お母さんはパートだから。

だとしたら、せめて浜坂さんが写真に写れば、問題は解決するんだけど……。

……そこまで考えて、ふと思いついた。

「浜坂さんの実家って、先祖代々吸血鬼だっていうのは、残っているんだよねえ？前に浜坂さん、生い立ちについてかいつまんで説明してくれたし」

「そりゃまあ。一応は古ーい家系やし」

「そんな古い家系だったら、ちょっとは世間で生活するための術……例えば写真に写るとか、鏡に映るとか……そういう方法が残ってたりしないの？」

「うーん……どうやろなあ……」

浜坂さんは気が進まないって顔のままだ。

「後見人になってもらうんも、実家で俺が日常生活送れるように資料調べるいうんも、どっちみち実家に帰らなあかんねんなあ……お兄やし、今の実家の当主」

「うーんと、浜坂さん。もしかしなくっても実家に戻るの嫌？」

「いや、俺ひとりで戻るんやったら、そこまでやないねんけどなあ……まあ、一応連絡入れてみるわ」

浜坂さんは歯切れ悪い態度のまま、スマホで電話をかけはじめた。いったいなんなんだろう。そこまで歯切れ悪い態度、久々に見たんだけれど。

私は浜坂さんが電話しているのを眺めていた。「俺おれ。番号見たらわかると思うけど」「今度そっちに戻りたいんやけど大丈夫？」「ええと……」と電話の向こうの人とやり取りしている浜坂さんの顔が、だんだんと真っ赤になっていくのがわかる。

「せやから、俺あんたの中で何歳やねん⁉　もう切るでっ！」

ほとんど悲鳴のような声を上げて、浜坂さんは電話を切った。私はその態度に、目を白黒させてしまう。

「あの……浜坂さん……？　ご実家に戻っても大丈夫なの……？」

「あー、どうもぉ……お兄に彼女ができた言うたら、むっちゃ連れてこい連呼されてなあ……どないするぅ、なるちゃん。一緒に帰るぅ？」

奥さんが実家に帰っているのに、弟の彼女が行っても大丈夫なんだろうか。

浜坂さんはげんなりとした態度をする。

「あれや、嫁さんが出産で実家に帰っとるせいで、父性愛やら庇護欲《ひごよく》むっちゃ持て余しとる」

「って、奥さんが実家に帰ったって、そっちなの⁉　てっきり、離婚調停とかそんなんで気まずいのかと……」

「ちゃうちゃう。実家が山ん中のせいで、病院の行き来が厳しいから、嫁さんの実家からのほうが通いやすいってだけや。今はお兄が通い婚状態やけど、邪魔やからしばらく家で大人しくしとれって言われて、しょげとんねん。今のお兄、むっちゃややこしいからなあ……」

浜坂さんの言葉に、私は開いた口が塞がらなかった。

吸血鬼の実家で当主とかって言葉が飛び交うから、いったいどんな仰々しい人なんだと思っていたけれど、聞いている限りなかなか愉快な人に思える。

私は自分の手帳を取り出して、シフトを見てみる。

ちょうど今月は土日に休みが入っている日が一週ある。

「一応、この日だったら実家にご挨拶できると思うけど」

「ああ……ほな、あとでお兄にも連絡入れとくわ。まあ……なるちゃんにもむっちゃ絡んでくると思うけど、あれの相手をまともにしたらあかんで。適当にいなしぃ」

「はは、そこまですげなくしなくっても」

「気ぃ許したら精神力ゴリッゴリに削ってくるから、ほどほどでええねん」

浜坂さんがフンッと鼻息を鳴らすのが面白くって、私は思わず笑ってしまった。なんというか、この人がときどきものすっごく大人げない理由がわかったような気がした。

＊＊＊＊

新幹線に乗って、だいたい二時間。東海地方を抜けて大阪に入ったところで、電車を私鉄に乗り換える。

どこもかしこも、方言でしゃべっている人ばかりで、ついつい物珍しい顔になってしまう。

「なるちゃんなるちゃん、そこまで珍しいもんちゃうで？」

私が車内でまじまじと見てしまったのに気付いたのか、浜坂さんにやんわりと注意され、思わず肩を竦める。

「ご、ごめん……ただ本当に関西でも方言って違うんだなあと思ってたの。大阪のほうが、いかにもテレビで聞く関西弁って感じで、兵庫県に入った途端に角が取れたというか……」

「うーん、俺の方言も阪神圏のやから、一応大阪弁も混ざっとるんやけどなあ」

「ええっと？」

「阪神圏は、大阪から兵庫県に入って神戸までの地域のことやね。この辺りのローカル線の名前にもなっとるし、野球で有名な甲子園も、ちょうど大阪と神戸の間やね」

「ああ……甲子園って、てっきり大阪だとばかり思ってた」

「ようある勘違いやなあ。関東人が大阪と京都と兵庫をごっちゃにしてるのはようある話や。関西人からしてみたら、東京と千葉と神奈川の区別が付かんし」

ローカル感って、地元を離れてみないと案外わかんないものなんだなあ。そう思っていたところで、ようやく電車を降りた。

神戸というと、異人館みたいな洋風な建物が頭に浮かんでいたけれど、辺りを見回してみると、気のせいか昔懐かしい雰囲気を残した街並みが広がっている。

「着いた着いた。ここからはちょっと坂を歩かなあかんけど、なるちゃん大丈夫？」

「聞いてたから、今日はヒール履かずにスニーカーで来たんですっ」

私は足元を見せる。浜坂さんの故郷の神戸に行くと聞いたから、うきうきしながらよそ行き用のスニーカーを出してきたのだ。

海が近いのに、山も見える。海と山って同時に見えるものだったのかと、勝手に驚く。それに駅を降りた途端に、砂糖醤油に生姜の甘じょっぱい匂いが漂ってくるのに、私はあれ、と思う。

「なんか……関西っててっきり、お好み焼きとかたこ焼きみたいなソースの文化だと思ってたんだけど……ずっと砂糖醤油の匂いがしてるような？」

「ああ……この時期の風物詩やねえ」

「風物詩、なの？」

「いかなごのくぎ煮を、この時期になったら一斉に炊くんや。これは大阪とか京都にはあんまりないんやけどねえ」

「いかなご……？」

「関東と関西やったら、結構出回ってる魚も違うしなあ。俺も関東に出るまでキンキをそんなに見んかったし。いかなごは、春先限定の魚やから、この時期に一斉にくぎ煮に炊いて保存するんや」

そう言いながらスーパーの前を通り過ぎる。店舗の出入り口のコーナーには、外からでもでかでかと見える【いかなご解禁】という幟《のぼり》と一緒に、保存容器や水飴が売られているのがわかる。

くぎ煮と言われても、ぱっと頭に思い浮かぶのは釘と一緒に煮るおせち料理の黒豆くらいで、どうやらそれとは違うらしい。

坂道を歩き、どこかの家でくぎ煮を炊いている匂いを嗅ぎながら歩いていると、だんだんと家の数が少なくなってくるのがわかる。

「浜坂さん家って、山奥？」

暦の上では春とはいっても、まだ桜も咲いていない寒い時期だ。でも坂道をずっと歩いていたら、さすがに額が汗ばんでくる。浜坂さんはいつも通り黒いコートをはためかせているけれど、こちらは汗ひとつ浮いていないのが忌々しい。浜坂さんは涼し気に答える。

「いんや。単純にこの辺り、私有地やから民家がないだけ」

「私有地って……そんなところ歩いて大丈夫なの⁉」

「えー……せやかて、それの管理してるのが、うちのお兄やし」

それを聞いて、私は悲鳴を上げそうになった。

よくよく考えてみればわかるはずだった。明らかに日常生活を送るのに無理ある体質の浜坂さんが平然と東京でアパート借りて生活できるのは、実家の基盤がきっちりしているからだろう。でもまさか、そんな富豪の家の人だったなんて……。

私がおろおろしてたら、浜坂さんは「んーと」と言う。

「うちのお兄、たしかに地主やっとるし、世間一般で言うところの普通からは外れとるけど、俺にはなぁんも関係あらへんで。そもそも骨肉の争いを避けるために、成人したら跡継ぎ以外は相続放棄せなあかんし。せやから俺もここら辺の土地を好き勝手する権限はあらへんよ」

「べ、別に、浜坂さんのお金のことなんてどうこう言ってないからね⁉　ただ私の思っていたよりもスケールの大きいことになっていると思っただけで！」

「ああ、そっか。やっぱり自分ええ子やねえ。ほら、あれが実家」

そう指差したところで、家が見えてきた。小さくはないけれど、豪邸というほど大きくもない。和風建築の家だ。

浜坂さんがさっさとチャイムを鳴らすと、パタパタと足音が響いてきた。

「真夜くん？　お帰りぃ」

そう出迎えてくれた人を見て、私は目を丸くした。今日だけでいったい何回そんな顔をしたのか、覚えてない。

真っ黒な艶々した髪は長く、それをひとつに結っている。顔つきの端正さは浜坂さんそっくりだけれど、瞳は石榴色ではなく、私と同じ黒い瞳だ。浜坂さんが和装したら、多分よく似ていると思う。

私はぺこりと頭を下げる。

「本当に、いきなり押しかけてしまって申し訳ありません」

「ああ！　自分が真夜くんの！　こんなところに立っとったら寒いやろ。早よ上がりい」

そう言ってさっさと家に上げてくれた。

でも、和風建築だとよくある話で、家の中に入っても断熱材の入っているアパートよりも風通りがいいような気がするし、外と違って日が出ている訳でもないから体感温度は家の中のほうが寒いような気がする。

縮こまってブルブルしていたら、居間に案内してくれた。そこにはこたつもあるし、みかんもある。そこでしばらく温まりたい気がしたけど、今日の目的はそれじゃない。

気のせいか浮かれた様子で、お兄さんはお茶の用意をはじめた。

「ひとまずお客さんはこたつにどうぞ。すぐお茶用意するから」

「お兄ー、俺ら電話でも言うたけど、文献読みに来てんけど」

浜坂さんは、お兄さんの態度にも手慣れた様子でばっさりと言うと、途端にお兄さんはしょぼん、とした。この肩の落とし具合、兄弟そっくりだな、と私は笑いそうになる口元を必死で両手で押さえた。

「えー、お茶くらいええやろ。それに、あそこ暖房ないから寒いで。せめてお茶飲んでぬくもってから行きぃ」

「あー……せやなあ。なるちゃん、書斎、暖房がないんやけど、ええかあ？」

浜坂さんに話を振られて、私はぱっと両手を下ろす。

「ええっと。ちょっとくらいだったら大丈夫です。はい」

「やって。お兄、お茶ちょうだい」

「わかったわかった」

お兄さんは途端にうきうきした調子で台所へと引っ込んでいった。

台所のほうから漂う匂いを嗅ぎ、私はきょとんとする。道中でさんざん嗅いだと思う、いかなごのくぎ煮の匂いだ。

「浜坂さんのご実家でも炊いていたの？」

「せやねえ。お兄は季節ごとの料理にいろいろうるさいんや。春になったら、やれいかなごや、やれ山菜やって、そういうもんを食卓に並べたがるから。嫁さんの実家に今度行くから、今年は向こうの家もそんな暇はないやろって、炊いてたんやろうなあ」

呆れているような口調かと思いきや、浜坂さんは口で言うほどお兄さんのことを嫌がっている訳ではないみたいだ。お兄さんはにこにこ笑いながら湯呑みにお茶を淹れてきてくれたので、それをありがたくいただいてから、私たちは書斎へと向かった。

書斎は壁一面が本棚で占められていて、古い本がたくさん詰まっている。それと同時に桐箱が何個も本棚の下段や本棚の上に載せられていて、物々しい雰囲気だ。おまけに額装の絵がかけられている。どれも写真ではなくって、絵だ。もしかすると、当主の人の中にも吸血鬼の人がいて、写真を撮れなかったから写生してもらったのかもしれない。

板の間にインクの匂いが充満しているような部屋にきょろきょろとしていたら、浜坂さんが説明してくれた。

「おとんが本好きやし、先祖の書き物とか残してんねんなあ。俺もあんまり弄ったことないから、どこになにがあるのかって、全部は把握してへんけど」

「浜坂さん家って、そんなに古い家系だったの……？」

「ほんまに大昔に、戦で敗者側やったから、落ち武者狩りに合わへんよう逃げ回っとったいうんは聞いとるよ」

「落ち武者……」

　戦とか落ち武者とかって、多分戦国時代より前だと思うけど、学校の日本史の授業以外で歴史にまともに触れたことがないから、そこまで古いとよくわからない。

　吸血鬼っていうと、勝手に西洋の人が先祖にいて、そこから吸血衝動が来たのかなとか思っていたんだけれど、浜坂さんは日本人離れした顔付きをしているだけで、別に西洋の人が祖先にいる訳ではなさそうだ。

　とりあえず、桐箱のひとつひとつを開けて中身に目を通すことにした。私は本当に恐々と開けているのに、浜坂さんは平気で床に置いて中を見るので、こっちがあわあわとしてしまう。

「あの……そんな古い文献、雑に扱っちゃっていいの⁉」

「かまへんかまへん。古いだけで、うちにあるような文献なんて、全然価値はあらへんから」

「そんなざっくりと……」

でも浜坂さんが言っているように、出てくるもの出てくるもの、捲《めく》ってみても私でも読めるような言葉で書いてあるから、古そうに見えるだけで、思っているよりも新しいものらしい。

そんな中、観察日記みたいなものが見つかった。

「あー……多分これやなあ」

「これって?」

「多分、一度はおとんやおかんも見たやつやなあ。写真に写らん、鏡にも映らんってなったら、なんかあるんちゃうかって、うちのおとんやおかんも、一度書斎を漁ったことがあるんや」

そりゃそうか。浜坂さん自身も前に言ってたけど、既に浜坂さん家でも吸血鬼の特性はすっかりと薄まってしまっていて、親戚の中でもそんな症状が出る人はいなかったって。吸血鬼の特性が出た子を心配して親御さんが手がかりを一度は徹底的に調べてるもんだよね。

日記には、吸血鬼の特性が書かれている。多分だけれど、隔世遺伝のせいで、一度は書き付けが途絶えていたのに誰かが気付いて、再び書いたんだろう。

鏡に映らない。写真に写らない。日の光に弱い。流れている水や川や雨に弱い。宗教関連のものに弱い……。宗教関連はともかく、他は現代社会で生活するには致命的過ぎる。

「こんなにいろいろできなくって、どうやって生活してたんでしょ、浜坂さんのご先祖は」

「せやねえ……でも昔の身分証明なんて、もっと口八丁でどうにかなったもんやで。身分証明に写真が必要になるようになったのかて、結構最近の話やし」

「でも。今、浜坂さんが困ってるじゃない……」

「せやけどこの解決方法は俺にもどうしようもないしなあ」

浜坂さんは日記に目を通しながら言う。

「暗示でごり押しとか。俺、暗示なんてせいぜい数秒ほど人の動きを止めるくらいで、それより上のことなんかでけへんで」

「私と最初に会ったときの、あれかあ……そりゃ暗示で『家貸して』って言ってOKもらえたら楽だけど、これ根本的な解決にはならないよねえ」

「写真撮られへんのには変わらんしなあ……免許取れんパスポート取れん、証明書は基本的に保険証と年金手帳くらいやなあ」

それって、今と全く変わらない。となったら、写真を使って本人確認する不動産屋さんは諦めたほうがよさそう。まさかこんなに面倒臭いとは、思ってなかった。

「ごめんなさい……思い付きのせいで、わざわざ里帰りすることになってしまって」

「いんや？」

私ががっくりしながら文献の片付けをしているにもかかわらず、浜坂さんは何故か楽しげだ。鼻歌を歌いながら、桐箱を棚にしまっているのを怪訝に思って見上げていたら、にかりと笑って振り返る。

「なるちゃん、ほんまに俺のこと好きなんやなあと思っただけやから」

いきなりそんなことを言われて、私はどっと顔に熱を持った。

「えっ、そりゃそうだけど……いったいどこに、いきなり愛情表現してくるところがあったの⁉」

「いやいや。実家はしみったれた家やし、吸血鬼の伝承とは程遠い家系やし、それでがっかりされたらどないしようて思っとった」

だからなんなの。そこで嬉しがる浜坂さんの意味がわからない。私は困惑しながら言ってみる。

「あのですね、浜坂さん。あなた最初に出会ったときが一番吸血鬼っぽかったじゃないの。健康志向の庶民派吸血鬼とか、私も浜坂さんくらいしか知らないからね」

「えー？　まあ、それもそうやねえ。でもなるちゃん、俺を肩書きで判断せえへんから」

そう言ってニコニコされてしまい、私はなんでこの人、ここまで喜ぶんだろうと、ただきょとんとしてしまった。

＊＊＊＊

「ああ、真夜くんが連れてきはった彼女に、そんなことはさせられへん。座っときぃ」

さすがに日帰りで帰るのはどうかと、泊まることになったけれど、お兄さんは着流しの上に割烹着を着て、台所に入った。押しかけた挙句にごちそうになるのも忍びなく、手伝おうとしたけれど、こたつの中に押し込められてしまう。

ただ浜坂さんだけは台所に入っていった。

「お兄、なるちゃんは生粋の関東人やし、使とる醤油とか味噌とか違うから、全部関西ナイズドしたら、味せえへんでぇ？」

「ええ、そうなん？」

そうだったんだ……。でもよくよく考えたら、関東と関西だったらカップ麺の味も違うって聞いたし、思っている以上に関東と関西の味の嗜好って違うのかも。

鼻を動かしてみると、私が関西の味にあんまり慣れてないからと気を使ったのか、洋食で収まったらしい。トマトスープの匂いが漂ってきた。

私は本当に手伝わなくっていいかと、一度台所に行ったけれど。

「お兄、さすがに夜からこれはカロリー過多ちゃうのん？」

「ええやん。今日くらいは。お客さんなんやし」

「あんまりそういうのはよくないで？」

お兄さんが心底嬉しそうな顔でガス台の前に立ち、調理台で浜坂さんが呆れた声を上げながら野菜を切っているのを見たら、私はなんにも言えなくなって、大人しく居間に戻ることにした。

お兄さんは今は奥さんが里帰りしているし、浜坂さんも普段は東京にいるから、兄弟水入らずでしゃべれる機会は、多分今を逃したらそうそうないんじゃないかな。

「お待たせ鳴海さん。真夜くんからなんでも食べはると聞いたから、トマトシチューになったけどええかな？」

お兄さんがにこにこしながら、お皿にトマトシチューを満たして持ってきてくれた。トマトに野菜に……お肉の代わりに魚だ。ブイヤベースっぽいものなのかな。

「本当にありがとうございます。なんでも食べます」

「よかったぁ」

浜坂さんが持ってきたのは大根サラダだった。そろそろ大根の季節が終わるから、今の内しか食べられないもんね。せめてもとお箸やスプーンを運ばせてもらうと、皆で取れるようにと、お兄さんはこたつ机の中心にいかなごのくぎ煮を置いた。見た感じ、ちりめんじゃこに似ているけれど、こちらは飴色だ。

「道中で聞きましたけど、これがいかなごですか？」

「そうやね、ああそういや関東にはないんやっけ？」

「ええっと、私の住んでるところだと、食べないです。いただきますね」

ご飯をよそってもらい、くぎ煮を少しもらって食べる。匂いの通りの甘じょっぱい味が口いっぱいに広がり、中に一緒に入っている山椒も噛めば噛むほど香りと辛さが鼻を抜けていく。はっきり言って、ものすごくおいしい。

「おいしいです……！　ものすっごくご飯のおかずになりますね」

「あー、よかったあ。これ、奥さんのレシピなんやけど、関東の人に合わんかったらどないしょうって思とってん」

「えっと？」

お兄さんの言葉にキョトンとしていたら、浜坂さんがすかさず解説してくれた。

「いかなごのくぎ煮のレシピって、家庭によってちゃうねん。山椒の代わりに生姜入れたりとか、水飴の代わりにざらめで炊いたりとか、ほんまにもういろいろ。うちはおかんがこの辺の出身ちゃうかったから、そもそもレシピがないねんなあ」

「ああ……梅酒とかお雑煮とかと一緒のものだったんですねえ……」

基本のレシピは存在していても、本当に家庭ごとにつくり方も味の付け方も違うものだったんだなあ。面白い。

そう思いながら、トマトシチューもひと口すくう。くぎ煮が思っているよりも味がこってりしていたせいか、トマトシチューはさっぱりとしているような気がする。それに、シチューよりもとろみがない。でもスープほどさらさらもしていないんだなあ。それにしても、浜坂さんはいつもご飯をつくってもらっていたからわかっていたけど、お兄さんも料理がうまいんだなと驚いた。

「すっごくおいしいです……浜坂さんもよく私にご飯つくってくれますけど、お兄さんもお上手なんですね。ええっと、お兄さんと浜坂さん、一緒に料理つくられていたんですか？」

そう尋ねた途端に、パァーッという音が聞こえそうなほど、お兄さんは晴れやかな笑顔になった。一方、浜坂さんは拗ねたようにそっぽを向いてしまった。なに、その反応は。

「もちろんしとったよ。ああ、ほんまに昔っから真夜くんいい子やから……」

「しとらんよ。ほんっとうにこの人すぐ調子に乗るから。なるちゃんもあんまり気にせんといて」

お兄さんがものすっごくテンションが高くなればなるほど、浜坂さんの反応が淡白になっていくような気がする……。

私は顔を引きつらせながら、ひとまず頷いていた。

＊＊＊＊

泊めてくれる部屋は、昔、浜坂さんが使っていたという部屋だった。最近、畳を替えたらしく、青々しい井草の匂いが漂っている。

「そういえば、浜坂さん。お兄さんはひとり暮らしなの？　奥さんは実家に戻っているみたいだけど」

「せやねえ。おとんとおかんは、お兄に跡を継がせたら、さっさと別邸に引っ越したしなあ。この辺りに民家ちょっとだけあったやろう？　あの辺り」

たしかに、この辺り一帯は浜坂さん家の私有地とは言っていたけど、ぽつんぽつんとは家があったと思う。あまりにも普通の家過ぎて通り過ぎちゃったけど。

「わっ……！　挨拶とか、しなくってもよかったの……？」

「んー、隠居したから、これで羽伸ばせるって、旅行で日本行脚しとるしなあ。もうちょっとしたら、孫の顔見に帰ってくるとは思うけど」

「ははは……」

単純にふたりで暮らせるアパートを借りたかっただけだったのに、浜坂さんの家庭の事情を垣間見るような、とんだ話になっちゃったなあと思う。

もうすぐ赤ちゃんが帰ってくるせいか、お風呂も最新式のものにリフォームされていた。古めかしい日本家屋のものとは思えないお風呂にぽかんとしながらもちょうだいして、ドライヤーで髪を乾かす。

浜坂さんの部屋に戻る際に居間を通り過ぎたとき、ちょうどお兄さんはなにかを広げていた。それは、アルバムに見える。

「ああ、お風呂大丈夫やった？」

「お先に失礼しました。いいお湯でした。あのう、それは……？」

「これえ？　うちの知り合いの画家に頼んで描いてもらった絵やねえ」

「あ……」

浜坂さんは、写真に写らない。そのせいで、当然ながら家族アルバムも埋まらないはずだけれど、絵にしてしまえば、たしかにこの人がいた記録が残る。

「おおきにね。真夜くんと付き合うてくれて」

「えっと……私は、本当に浜坂さんにお世話になっていただけで、なにもしてないんですけれど」

「それでええんよ。普通で。あの子、ちょーっと先祖の血ぃ濃いばっかりに、でけへんこと多かったから、普通いうもんに飢えとる。人の世話したがる癖に、人に世話されるん苦手やしなあ」

そうしみじみ言うお兄さんに、私はなるほどと思いながらアルバムを覗き込む。

家族旅行らしく、小さな男の子ふたりに仲良さげな両親が一緒に描かれている。

ざっくりと色鉛筆で塗られた絵に、床石のカラフルさからして、どこかの遊園地だろうかと当たりを付ける。

「いろいろでけへんことが多かったんやけど、うちでできることなんて、せいぜい健康に気ぃ付けるくらいやったしなあ。それのせいか、真夜くんずいぶんと健康オタクみたいになってもうて」

「ああ……浜坂さんがやたらと健康について細かくなったのって……」

「細かいん？　やっぱりなあ……」

お兄さんはあははと笑う。

なんというか。浜坂さんは変なところで格好付けのせいで、格好付けられないお兄さんの前だと、途端につんけんしてしまうんだろうなあと思う。浜坂さんの情けないところなんて、もう充分知っていると思っていたのに、実家まで来なかったらまだ格好付けているなんて思わなかったなあ。

「あいつも、普段は取り繕っとる癖に、極端なんや。普通っちゅうもんに憧れているせいで、少しでも普通から離れると、途端に怒るしなあ……それがヘタレに見えたり、不機嫌に見えたりするんやろうなあ」

「ああ……なんとなくわかります」

多分、知り合いでもなんでもない私に声をかけたのだって、知らない人に吸血鬼と思われても平気だったんだろうけど、きっとはじめから知り合いだったらそんなことできないんだろうなと思うし。付き合いはじめる前に、一度逃げようとしたのだって、怖がられたり嫌がられるのが嫌だったんだろうなあと思うし。

そこまで考えて、ふと本題を思い出して、私はきょろきょろと見回した。浜坂さんはまだお風呂のはずだ。

「あのう……アパートなんですけど。最近どこも厳しくって、本人確認できないとアパート借りられそうもないんです。でも浜坂さんは写真付きの証明書がないので。せめて身元がはっきりしている後見人がいたら、もうちょっと通しやすくなると思うんですけど……お兄さんの名前、借りても大丈夫でしょうか？　多分ですけど、浜坂さん、私のいる手前、変に格好付けて、言いにくいみたいで」

これ多分、浜坂さんの前で言ったら、また拗ねちゃうもんなあと、恐々と声を抑えて言う。お兄さんは一瞬だけキョトンとした顔をしたあと、破顔した。そのふにゃっとした笑い方は、本当に浜坂さんそっくりだ。

た。

「ほ、本当に……！　本当に、ありがとうございます……！」

私はペコリペコリと頭を下げると、お兄さんはケラケラ笑い声を上げて、手を振っ
「ええよ」

「ええねん。真夜くん、彼女連れて帰ってきたの、今回が初めてやし。鳴海さん」

「はい」

「真夜くん、飄々としているように見えて案外気にしぃやし、変なところですぐ落ち込むけど、ええ子やから。あの子のこと、よろしくお願いします」

そう言って、今度はお兄さんのほうが頭を下げた。

これから同棲はじめようかというところのはずだったんだけれど、これだと婿取りに来たようにも思えて、むず痒《がゆ》い。でも、まあ。

「はい、あの人のこと、大切にします」

こちらも頭を下げて、そう答えてしまっていた。

部屋に戻ると、浜坂さんは既にお風呂から上がって、なにやらタブレットに打ち込んでいた。普段だったら恐ろしいほど白い肌も、さすがにお風呂で血行がよくなっているんだろう。いつもよりも肌が赤みを帯びている。

「浜坂さん、もうお風呂上がったんだ」

私が恐る恐る声をかけると、ぱっと浜坂さんが顔を上げて、にこっと笑った。

「ああ、なるちゃん。お帰りー」

「ただいま戻りましたー。それってお仕事？　持ってきてるとは聞いてなかったんだけど」

「んー。今日の分のノルマちゃうけど、一応スケジュールの確認しとっただけ。お兄にまた、変なこと吹き込まれんかった？」

「吹き込まれてませんよー。世間話してただけだから」

「んー……お兄の中やったら、俺、まだ十《とお》くらいの子供みたいな扱いなんやもん。もうそこまで子供ちゃうし」

「私にはよくわからないけど、男兄弟でそこまで仲いいのって珍しいんじゃないかな？」

昔はどんなに仲よくっても、それぞれ家庭を持ったら、自分の家庭第一になって疎遠になってしまうっていうのはよくある話らしいし。男兄弟がいない私からすると、そんなもんなのかなと思ってしまうけれど。

浜坂さんは少しだけ拗ねたように唇を尖らせた。

「あのさあ、なるちゃん。俺ら一応、同棲する予定やん」

「そうだけど」

「それ、そろそろやめん？」

「ええっと……？」

「苗字《みようじ》呼び。そろそろやめん？　浜坂さんやったら、お兄もやろう？」

さすがにそこまで言われたらわかる。わかるけど。

いったいこの流れのどこに、名前で呼ぶ催促をする必要があるの。

実家に帰ってきて日頃格好付けているののタガが外れたのか、それとも実家に帰ってきた反動で気が大きくなってるのか、いったいどっちだろうなあ。私はそう思いながら、口の中で何度も何度も唱えてから、ようやく音にしてみる。

「ええっと、真夜さん……？」

「それ……！　もうちょっと呼んで……！」

普段よりも甘ったれな雰囲気なのは、実家にいるせいなのか。私は苦笑しながら真夜さんと向き合う。

「うーんと。ここ実家だよね？　なんかタガが外れてない、真夜さんも」

「だって、初めてやもん。彼女と実家で泊まるのも、家族に紹介したのも」

そう顔を真っ赤にして言われたら、こちらもどんな顔をすればいいのかわからない。

どうすればいいのかなと思って、ふとパジャマの襟ぐりをぐいっと広げた。うなじが露になる。

「……ええっと、いくら奥さん不在とはいっても、真夜さんの実家とはいっても、新婚さん家庭でこれ以上盛るのはどうかと思うんで……血を吸うくらいだったら、いいです。どうぞ」

真夜さんは少しだけ目を見開いたあと、恐る恐る私を抱き寄せた。そして、軽く広げた襟ぐりに唇を落とすと、唇を肌にくっつけたまま毒づいてきた。

「……アホウ、ほんっとうに他の人にしたらあかんで、こんなん」

「……そもそも真夜さん以外に、こんなことしたことありませんから」

「アホウ、ほんま自分アホウ」

そう言いながら、一気にガブリと歯を立てられた。

＊＊＊＊

新幹線の時間があるからと、朝食をいただいてからお暇《いとま》の準備をしていたところで、お兄さんが保存容器を持ってやってきた。

「鳴海さん。お土産、なんか買ってくぅ？」

「あ、はい。神戸で職場に配るお菓子を買おうかと」

東京だとあんまり見ない洋菓子メーカーの本店が神戸に多いから、どれかひとつを買って配ったら、皆喜んでくれるだろう。

　そう思っていたら、お兄さんは保存容器を差し出した。

「これ、おかずに持って帰ってくれへんかなあ……荷物にならへんのやったら」

　蓋に透けて見えるのは、昨日たっぷりと食べさせてもらったいかなごのくぎ煮だった。ご飯の進む味だから、真夜さんと一緒に食べたらすぐになくなるだろう。

「ありがとうございます、真夜さんと一緒に大事に食べますね」

　私がそれをペコンと頭を下げて受け取ると、お兄さんは朗らかに笑う。本当に、お兄さんと真夜さんの笑い方はよく似ている。

「よかったよかった、また一緒に遊びに来てな。今度は嫁さんとうちの子も一緒に迎えるから」

「はい、ぜひ」

　頭をもう一度ペコンと下げてから、保存容器をカバンの上のほうに引っくり返らないように調整してから入れる。

　ようやく荷造りを終えて、玄関へと向かう。

　真夜さんは、穏やかに微笑んで見送りの準備をしているお兄さんを振り返った。またちょっとだけ拗ねた顔をして、なかなかお兄さんと目を合わせようとしない。

「真夜さん真夜さん。しばらくこっちに帰ってこないんだったら、ちゃんと挨拶しましょうよー」

「あー……うん。わかっとるけど、なんというか、こそばいというか」

これって、照れているというか、彼女の私の前で、小さい頃と変わりない扱いをされるのを見られるのが気まずいのかなあ。じゃあと、私は玄関を一歩出る。

「それじゃあ、私は先に出てますから、真夜さんは思いっきり、お兄さんとお別れしてくださいね！」

そう言い残してドシドシと玄関を出て振り返ると、真夜さんは少しだけ決まり悪い顔をした。玄関は開けっ放しだから、ふたりの会話は筒抜けだ。

「なるちゃんも、気ぃ遣うとこちゃうやろ。今生の別れやあるまいし」

お兄さんは私と真夜さんのやり取りに、ケラケラと笑った。

「ええ子やん。真夜くんの体質も知っとって、気ぃ遣って実家まで連れ帰ってきてくれたんやろう？　それに真夜くんのあかんところもよう知っとるし。そろそろエエカッコするのんやめぇや」

「俺、別にお兄ほど気ぃ抜いて生きていける自信ないんやけどなあ」

「生きとったら、どっかで気ぃ抜かんとくたびれてまうて。真夜くんも元気でなあ」

お兄さんに小さく手を振られて、ようやく真夜さんはお兄さんと目を合わせた。本当に、お兄さんの前だったら真夜さんも格好付けている暇がないんだなあと、妙な感心をしてしまった。

「ほな、また」

「うん。真夜くんも元気でなあ。またふたりで顔見せに来ぃ」

「その内なあ」

真夜さんがひらひらと手を振ってから、ようやく先に玄関に出ていた私のほうに小走りで追いついてきた。

お兄さんが見送ってくれている姿が見えなくなってから、私は真夜さんに口を開く。

「優しいお兄さんだったね、ちょっとお話ししたけど、本当にいい人で。いかなごも初めて食べたけど、おいしかったし」

「そうかあ？　お兄もお客さんが来て、浮かれとったしなあ……山ん中にあるから、車でもないと、そう簡単に行き来できる場所でもないし」

「じゃあ、今度は車で来る？　あー、私、ペーパードライバーなんで、どこかで練習しないと、怖くって高速道路走れないけど」

そう私が提案したら、途端に真夜さんは変な顔をした。私、変なこと言ったっけ？

ひとりでぐるんぐるんと考えていたら、真夜さんは深く深く溜息をついた。

「せやねえ……車のことはおいおい考えるとして、まずは新居探し再開するところからかなあ」

「ああ、そっちが先だもんね。いろいろあったけど、また同居できるアパート探さないとだしね」

お兄さんに後見人になってもらえるから、前よりはもうちょっと楽ができるようになるとは思うけど。でも、まずは理想の部屋を探すところからはじめないといけないんだから大変だ。

「あー……頼むからなるちゃん。そんなとんちんかんなこと言うの、俺の前だけにしときぃや？」

「えー……とんちんかんって。私、変なこと言った？」

「自分、ほんまそういうとこあるね……用事もなく、彼氏の家に行くことはないやろ」

そこまで言われて、ようやく私は気付いた。

……お兄さんが何度も何度も私に念押ししていたのは、次は結婚の挨拶に来いって意味か。まだ同棲はじめてもいないのに、さすがに早過ぎる。

「ご、ごめんなさいっ！　私、本当に後先考えずにしゃべって……！」

「ほらぁ、なるちゃんほんまそういうとこあるからぁ。まあ、次のことは同棲はじめてからぼちぼち考えよ」

そう言われながら、真夜さんに手を差し出される。

私は「はあい……」と言いながら握り返す。陽気はうららかなはずなのに、やっぱり全身を温めるには心許ない日の下でも、握った掌《てのひら》は温かい。

またどこかの家から漂う、いかなごのくぎ煮を炊いている匂いを後にして、私たちは駅へと向かっていった。

エピローグ

吸血鬼さんの献血バッグ

朝、寒い中窓を開けると沈丁花《じんちょうげ》の匂いがすることに気付いた。

日も前よりも少しずつ長くなってきたし、花見にはまだまだ早いだろうけど、春が少しずつ近付いてきているのがわかる。

空気を入れ替えてから、私はベッドに横になっている黒い頭を見る。

真夜さんが死んだかのように眠っている。

眠っているときは肌の白さと髪の黒さのコントラストもあり、本当に死んでいるんじゃないかと心配になり、ときどき生きているかと口元や鼻先に手をかざしてみるけれど、きちんと呼吸しているのでそのたびほっとしている。

昨日も忙しかったみたいで、夜中まで仕事部屋にこもって、モニターに噛《かじ》り付いてキーボードを叩いていた。お疲れ様と思いながら、私は寝室を出て、洗濯物を洗濯機に入れる。

お兄さんに許可をもらったから、書類の件はパスできるようになったものの、いい物件を見つけるまでに、結局は半年ほどかかってしまった。

こうしてふたりで生活をはじめて、私が忙しいときは真夜さんが、真夜さんが忙しいときは私が家事をやって、うまいこと回っている。

一緒に暮らしてみてわかったのは、真夜さんは健康オタクではあるし、ときどき唐突に健康うんちくを並べることはあるけれど、出したものは普通に全部綺麗に食べてくれるということ。

「偏らずになんでも食べたほうが体にええに決まっとるやろ」と、今までのうんちくはなんだったんだということを平気でぶん投げてくるけれど、それでかえってしょうもない喧嘩をせずに済んでいるんだからほっとしている。

洗濯機をもうちょっとしたら回そうと算段を付けてから、台所へと向かう。

今日は昼番だからゆっくりとご飯を食べられるけど、なにをつくろう。

冷蔵庫を見ながら考える。そういえば、旬だからと買ってきて食べていなかった菜の花があることに気が付いた。

菜の花はベーコンと合わせるとおいしいし、本当だったらパスタにしていただきたいけれど、真夜さんがまだ寝ているからなあ。茹でて置いておいたら伸びてしまう。

考えた末に、つくり置いていても大丈夫そうということで、前に自分用に買ってきておいたイングリッシュマフィンでサンドイッチをつくることにした。

菜の花は下茹でして水を絞り、ベーコンはキッチンペーパーで挟んでレンジでチンして脂を切っておく。

マヨネーズとマスタードを混ぜる。

マフィンを半分に切ってオーブントースターで焼いて、焼き上がったところで、マヨネーズソースをマフィンの切り口どちらにも塗る。塗り終わったらベーコンと菜の花を載せて、黒コショウを振ったらふたつを合わせる。

「うん、それっぽくなった」

菜の花の苦みはベーコンのジューシーさと相性がいい。本当はニンニクの香りをプラスしたらもっとおいしいんだけど、私、午後から仕事に出るものねえ。今日は省略しておく。

ついでにスクランブルエッグもつくってしまおう。

卵と牛乳、塩コショウを混ぜて、バターを引いたフライパンでぐるぐる回せば終わり。オムレツみたいに形を気にしなくていいから気楽。これはケチャップをかけていただこう。

出来上がったものをお皿に載せて、悦に入りながらお湯を沸かしていたところで、キィーと扉の開く音が聞こえた。

振り返ったらまだパジャマ姿の真夜さんが立っていた。

「ああ、おはよう」

「おはよ……なんや、朝からえらいバタバタ音してたけど……」

「旬だからと思って買ってた菜の花、もうそろそろ花が咲いちゃうから食べちゃおうと思って……他に使う予定があった？」

「うんや……しばらくまた部屋にこもらなあかんしなあ……残念やけど、しばらく料理でけへんもん」

「あらら、また仕事増えた？」

「ちょーっち、なあ」

真夜さんはあくびを噛み殺しながら頷く。

昨日も納期の関係で夜遅くまで起きていたし、私には彼の仕事内容のことはよくわからないけれど、大変だってことだけはよくわかる。

仕事にかかりっきりのせいで、料理できなくってストレス溜まっているみたいなのは気の毒に思う。

私は「飲み物どうする？　トマトジュース飲む？」と聞くと、まだ眠そうな顔をしながら、真夜さんはぼーっとした顔のまま頷いた。

ペットボトルのトマトジュースをコップいっぱいに注いであげたら、真夜さんは嬉しそうに飲んでくれた。

最初は朝一番にトマトジュースを摂るのを見て「吸血鬼……」と思ったけれど、私が朝一番にコーヒーを飲むと伝えたら、渋い顔をされてしまった。

「朝一番にカフェイン摂るのはやめときぃ。朝一番にカフェインを摂り続けると、カフェインが効かんようなるよ」

「はあ……」

「トマトジュースが嫌やったら、せめて白湯《さゆ》にしぃ。それかぬるい水」

「ぬるい水はおいしくないんで、白湯にしときます」

ときどきチクチクと文句を言われるものの、受け入れられるものだったら受け入れる、受け入れられないものだったら受け入れないとしていったら、うまくいっているから、これは別にかまわない。

トマトジュースを飲み終え、流しに洗いに向かう真夜さんは、お皿に載っているマフィンサンドを見た。

「はあ……これかあ、菜の花使うた言うてたんは」

「本当はパスタつくりたかったけど、真夜さん寝てるから」

「別に自分で茹でるし、具だけ置いててくれたらよかったのに」

「朝と夜は一緒に食事したいって言ったのはあなたでしょうが」

私がプスーッとして言うと、真夜さんはふっと笑う。

「せやね。ほな、いただこか」

「はい」

マフィンサンドにスクランブルエッグにトマトジュース。私はそのまんまのトマトジュースは飲めないから、レンジでチンして少し温めてから飲んでいる。

ふたりで向かい合いながら食べる。真夜さんは和食のほうが好きで、私は洋食のほうが好き。どちらがつくるかで出てくる朝ご飯もそれなりに違うから、それはそれで面白い。

今は年度末だからバタバタしていて、私と真夜さん、ふたりとも違う業界とはいえど、忙しいのは同じだ。

「なあ、なるちゃん」

「あれ、おいしくなかった？　私、真夜さんほど料理うまくないから……」

「いや謙遜せんでもええよ。なるちゃんはやらんだけで、自分で思てるよりも料理うまいで？　そうやなくて」

「はい」

さくっとマフィンサンドにかぶりつきながら、私は真夜さんがなにを言いたいんだろうと考えあぐねていたら、真夜さんはようやく口を開いた。

「あー……これは帰ったら言うわ」

「え？　うん、わかった。今日はちょっと遅くなると思うけど。真夜さん、食事つくれそう？　駄目だったら簡単なものつくるけど」

「今日のノルマを超特急で終えたらなんとかなるやろ。俺がつくるから、なるちゃんはいつも通り帰っといで」

「うん」

相変わらずというか。

この人の秘密主義は、同棲しはじめてからも変わらないな。私はそう思いながら、食事を済ませた。

家事を終えてから、家を出ていく。

なんかあったのかな。最近忙しそうとはいえ、定期的に血は吸っているから、元気そうだとは思ってたけど。私はズボラで健康に無頓着だけれど、真夜さんのほうが健康のほうの舵を取ってるからバランスは取れていると思うし。

もやもやした気分のまま、仕事へと向かう。

年度末のセールのせいで、ショッピングモールのほうもせわしない。今日も大量の問い合わせを捌かないといけないと思うと、ちょっとだけ憂鬱だ。

＊＊＊＊

職場に着いたら、有給消化明けの花梨ちゃんと一緒のシフトになった。

花梨ちゃんときたら、また艶々している。

婚活パーティーで馬の合う人を見つけて、そのままゴールインしたのだ。

一時期は変な結婚相談所に入ってしまったがために、さんざんな目にあっていたから、その出会ったいい人とはそのまま仲良くやっていて欲しい。

更衣室でポンとお土産を渡されながら、花梨ちゃんに手を合わせられる。

「本当に、新婚旅行で休みを潰してごめんね？」

「ううん。花梨ちゃんも有給貯め込んでたから。私も引っ越しのときに充分休みをもらったし」

「そりゃそうなんだけど。そういえばあんたの言ってた同居人のライターさんとはそのあとどうなの？」

「うーん、どうもこうもないよ。今日も仕事で缶詰だし」

「ああ、フリーランスだからだっけ？」

「年度末だから駆け込み仕事が多いとは言ってた」

「ふうん」

わかったようなわからないような返事をする花梨ちゃんに、「そういえば」と言ってみる。

「今日は忙しいのに、食事つくってくれるって言ってた」

「えっ……！」

花梨ちゃんが口元を抑えるのに、私は「ん？」と顔を上げる。真夜さんが料理好きなのはいつものことだ。ただ忙しい中で料理している時間なんてあるんだろうかと心配になっただけで。

私はのんびりと「あの人、昨日も夜中まで仕事してたのに、大丈夫なのかなぁ……」とぼやいたけど、花梨ちゃんは軽く私の肩を抱いてきた……って、なに？

「家に帰ったら、なるは絶対に驚くと思うけど、驚き過ぎちゃ駄目よ？　もし察してもちゃんと驚いてあげて」

「え？　私、なにかに驚いたらいいの？　平静でいればいいの？　というより、私が家に帰って驚くってなに？　あの人、多分浮気はしないと思うけど」

「浮気しないって信頼している相手なんだからいいじゃない」

「だから、花梨ちゃんはあの人がなにしてるのか想像つくの？」

「というより、ここまで状況証拠並べられているのにわからない、なるのほうがすごいわ」

花梨ちゃんにそう指摘されてしまっても、全然わからない。

今日の朝ご飯は私の好物だけれど、別に真夜さん文句は言ってなかったし。でもあの人和食のほうが好きだからなあ。

今日の夕飯は真夜さんがつくってくれるんだったら、明日の朝は和食出してあげようか。仕事の手伝いは、私にはできないから。せめて家事の負担を減らしてあげればいいのかな。

そう思いながらも、ひとまず仕事が待っている訳だから、全部棚上げしてしまうことにした。

全部帰ってから考えよう。そう思った。

＊＊＊＊

今日は問い合わせに加え、事務仕事が入ったせいで、すっかりと遅くなってしまった。真夜さんにメールは送っておいたけど、機嫌を損ねてないといいなあ。あの人、変なところで子供っぽいから。子供じみた癇癪《かんしゃく》を起こすときがあるし。

アパートに足を運びながら、流れてくる匂いについつい首を傾げてしまった。うちのほうから、クリームシチューのいい匂いがする。

今日の夕飯は真夜さんに任せてきたけど、うちにクリームシチューの材料はなかったはず。朝に冷蔵庫開けて確認したし。だとしたら、忙しいはずの真夜さんがわざわざ外に買い物に行っていたことになるわけで。

あの人、仕事思っているより早く終わったのかな。それともなにか無理してる？

朝、なにか言いかけていたけど、黙り込んじゃったし。なにを言われるんだろう。

全然わからないと思いながら、私は家の鍵を開けた。

「ただいまー」

「ああ、なるちゃんお帰り。今日は食事どれだけ食べれる？」

「夜遅いんでそこまで食べられないんだけど、あの。この匂いは……？」

「うーん、なるちゃん残業にならんかったら、もうちょっとええもん出せたんやけど」

そう言いながらリビングに入り、私はその様子に目が点になった。

赤いバラの花が生けられ、テーブルにはわざわざテーブルクロスまでかけられていた。

並んでいる食事は、クリームシチューにシーザーサラダ。

クリームシチューの上のほうにはタケノコが見えるし、サラダには手づくりじゃないとあり得ないような大きさのクルトンが、白いドレッシングの上に振りかけられている。

どう考えても私の好みな上に、手が込んでいるけど。

別に今日は私の誕生日でもないし、真夜さんの誕生日でもなかったはずだ。だとしたら、この状態はなに？

「あの……今日ってなにか記念日だったっけ？　私たち、出会って一年はとっくに過ぎてるし、同棲記念……もまだ一年経ってないし」

「んー？　まだなんの記念もあらへんよ？」

「なんかの記念日になるの……？」

私が恐る恐る聞いてみたら、真夜さんはにっこりと笑った。

「もうちょっとしたら、互いに暇なるやん」

「まあ、そうだけど」

突然の言い方に、私はきょとんとしながら頷く。

単純に今の忙しさがおかしいだけで、通常運転に戻るだけなんだけれど。私が首を傾げていたら、真夜さんはちらっと私の手に視線を送る。

え、別に荒れてはいないと思うけど、なに？　仕事の関係で爪にはなにも塗ってない、せいぜいやすりで磨く程度のものだ。私がますますわからないという顔をしていたら、真夜さんが言う。

「……買い物に行きたいなあ思て」

「買い物？　ええっと、記念日となんの関係が」

「ふたりで行かな意味ないやろ。あー、せやった。なるちゃん鈍い子やった」

ガリガリと頬を引っ掻く様に、私はむっとする。この人、自分のことは棚に上げてる。私がむっとしているのをスルーし、真夜さんは口を開いた。

「指輪や、指輪。なるちゃん、指のサイズちっとも測らせてくれへんから、俺が選ぶ訳にもいかへんし。だから一緒に見に行こうって言うてるんや」

「指輪……指輪⁉」

その言葉で私は目を見開く。さすがにその意味くらいはわかる。私は思わず、ぶんぶんと首を振った。

「あの、これってつまりは……けっ」

「あー……別にこんなアホなプロポーズする気なかったんやけどぉ？」

そう言ってそっぽを向く真夜さんに、ようやく私はさんざん花梨ちゃんに言われたことを思う。

ああ、そうだ。これはいくらなんでも私が鈍過ぎる。拗ねたように唇を尖らせている真夜さんに、私はパンッと手を叩いた。

「や、やり直しましょう！　プロポーズ、やり直し！」

「えー……？　もうなるちゃん、俺がすること知っとるやろう？」

「じゃあ私をまた驚かせて！　あと考えていたプロポーズのセリフ、聞きたいし！」

「えー……」

少しだけ目を細めたあと、意を決したように、真夜さんはひょいと花瓶に生けていた赤バラを一輪手に取った。バラは親切に、棘《とげ》が全部切り取られている。

「なるちゃん、病めるときも、健やかなるときも、俺が灰になって消え去るときまで、なるちゃんの血が涸《か》れ果てるときまで。一緒にいてくれはりますか？」

そう言って、ひょいとバラを差し出された。

その言葉におかしくなり、私は背中を丸めてしまった。

これじゃプロポーズを飛び越して、結婚の誓いの言葉だ。私はバラを受け取ると、とうとう声を上げて笑い出してしまった。

それに真夜さんは不貞腐《ふてくさ》れた顔をする。

「せやから嫌やったのに」

「ごめんったら……はい、一緒にいます。でも灰になって消えないでください。せめてベッドで眠ってください」

私の言葉に真夜さんは目を瞬かせると、少しだけ意地の悪い顔をしてみせた。

「わからんでぇ、俺が吸血鬼やてバレて、異端者狩りが来るかもわからんし」

「下手な脅しは通じないから。こんなところに健康オタクな吸血鬼がいるなんて、私しか知らないでしょ」

いつも通りに軽口を叩き合っていたら、途端に気が軽くなった。

思えば変な出会いだった。

吸血鬼にいきなり血を吸われたかと思ったら、自己管理の甘さを説教され、挙句の果てに食育されて。その食育してきた吸血鬼とこうなるなんて思いもしなかった。

吸血鬼の献血バッグ扱いされるなんて不名誉な扱いを受けていると思ったけれど、そんなことにならなかったらそもそも距離が縮まらなかったから、今はその出会いに感謝しよう。

私は、吸血鬼の献血バッグ。

そして今は同棲相手。

そう遠くない未来、家族になる。

本書は書き下ろしです。
この物語はフィクションです。
実際の人物・団体等とは一切関係ありません。

ポルタ文庫
吸血鬼《きゅうけつき》さんの献血《けんけつ》バッグ

2020年6月5日　初版発行

著者　石田 空

発行者　福本皇祐
発行所　株式会社新紀元社
〒101-0054
東京都千代田区神田錦町1-7　錦町一丁目ビル2F
TEL：03-3219-0921　FAX：03-3219-0922
http://www.shinkigensha.co.jp/
郵便振替　00110-4-27618

カバーイラスト　おかざきおか
DTP　株式会社明昌堂
印刷・製本　株式会社リーブルテック

ISBN978-4-7753-1830-0